KB078416

7번째 환생 11

묘재 장편소설

초판 1쇄 찍은 날 § 2019년 4월 3일
초판 1쇄 펴낸 날 § 2019년 4월 10일

지은이 § 묘재
펴낸이 § 서경석

총괄팀장 § 최하나
편집책임 § 강민구
편집 § 김경민
디자인 § 고성희, 신현아

펴낸곳 § 도서출판 청어람
등록번호 § 제387-1999-000006호
등록일자 § 1999. 5. 31
어람번호 § 제1-3014호

주소 § 경기도 부천시 부일로 483번길 40 서경B/D 3F (우) 14640
전화 § 032-656-4452 팩스 § 032-656-4453
http://www.chungeoram.com
E-mail § chungeorambook@daum.net

ⓒ 묘재, 2018

ISBN 979-11-04-91970-1 04810
ISBN 979-11-04-91777-6 (세트)

청어람

FUSION FANTASTIC STORY

묘재 장편소설

7번째
환생

11
[완결]

Contents

1장

대륙에서 대륙으로

　라이프치히에 도착한 최치우는 엄청난 환대를 받았다.

　수많은 사람들이 최치우를 반겼다.

　독일 정부가 조직해서 인위적으로 만들어낸 환영 인파가 아니었다.

　라이프치히 시민들이 자발적으로 최치우가 시청에 들어서는 길을 양옆으로 가득 채운 것이다.

　뜻밖의 퍼레이드를 하게 된 최치우는 손을 흔들며 시민들의 환대에 답했다.

　"와아아아아—!"

　"치우 초이! 치우 초이! 치우 초이!"

　짝짝짝짝짝짝짝짝!

말 그대로 우레와 같은 함성이 쏟아졌다.

독일 축구 국가 대표 팀이 월드컵 우승을 하고 돌아오면 이만한 환대를 받을까.

라이프치히 시민들은 검은 머리, 검은 눈동자의 이방인에게 베풀 수 있는 최대의 환영 인사를 보여줬다.

최치우도 가슴 깊이 감사를 느꼈다.

테러 사건이 벌어지며 올림푸스와 독일은 보다 끈끈한 유대 관계를 맺게 됐다.

최치우는 진심으로 희생자들을 추모했고, 누구보다 살뜰하게 유족들을 챙겼다.

그 과정을 지켜본 독일 국민들, 특히 테러가 일어난 라이프치히의 시민들은 진한 감동을 느낄 수밖에 없었다.

신뢰는 하루아침에 쌓이는 것이 아니다.

최치우는 테러라는 고난과 역경을 거치며 독일 국민들의 신뢰를 사는 데 성공했다.

그것은 돈으로 따질 수 없는 자산이다.

앞으로 올림푸스와 퓨처 모터스가 독일에서, 또 유럽에서 비즈니스를 전개하는 데 든든한 힘이 될 게 분명하다.

실제로 퓨처 모터스는 자동차 산업의 본고장인 독일 시장에서 승승장구하고 있다.

프랑크푸르트에 오픈한 제우스 파크는 관광 명소로 자리잡았고, 시내 곳곳에서 제우스 S를 보는 게 어렵지 않았다.

보급형 전기차인 제우스 U가 출시되면 더 많은 판매량이 예상되고 있다.

실리콘밸리에서 출발해 한국에 인수된 전기차 회사가 다른 나라도 아닌 독일을 접수하기 시작한 것이다.

메르세데스 벤츠와 BMW, 폭스바겐 그룹이 바짝 긴장했다는 사실은 비밀도 아니었다.

퓨처 모터스는 최치우의 활약 덕분에 관세 혜택을 받고 있다.

독일 정부도 외국계 회사인 퓨처 모터스에 호의적인 입장이라는 뜻이다.

최치우 한 사람이 일으킨 파장이 전통의 자동차 명문 회사들을 위협할 지경이었다.

"먼 길 오셨습니다. 환영합니다, 대표님."

시청사 안으로 들어서자 라이프치히 시장이 최치우를 기다리고 있었다.

최치우는 시장과 악수를 나누며 밝게 웃었다.

"반갑습니다, 시장님. 결국 이런 날이 오는군요."

"모두 올림푸스 덕분입니다."

"시청의 협조로 공사 기간을 줄일 수 있었습니다. 시민들이 기뻐하는 모습을 보니 뿌듯하네요."

"저희도 한마음입니다. 총리께서는 내일 일찍 도착하실 예정입니다."

"그렇군요."

축포를 쏘는 준공식 행사는 내일 오전에 열린다.

철의 여인 메르켈 총리도 자리를 빛내기 위해 베를린에서 달려올 것이다.

시장과 인사를 나눈 최치우는 또 다른 반가운 얼굴에게 손을 내밀었다.

"지유 누나, 시차 적응 잘 하고 있었지?"

"응. 여기 계신 모든 분들이 너무 친절하게 대해주셔서……."

라이프치히 시청 직원들 틈에 문지유가 서 있었다.

최치우와 함께 웹툰 작업을 하며 인연을 맺은 문지유는 올림푸스와 전속 계약을 맺은 지 오래다.

그녀는 최치우의 전생을 다룬 리얼 헌터의 대성공 이후 한국 웹툰계의 유명 작가로 발돋움했다.

양대 포털 사이트의 러브콜을 한 몸에 받은 문지유의 차기작은 다름 아닌 올림푸스 스토리였다.

최치우와 올림푸스의 이야기를 바탕으로 웹툰을 그리는 문지유는 리얼 헌터를 뛰어넘는 히트를 치고 있었다.

이번에도 역사적인 두 번째 소울 스톤 발전소 준공식을 웹툰으로 담아내기 위해 먼저 라이프치히에 와 있던 것이다.

"요즘 바빠서 잘 못 봤는데, 여기서라도 보니까 좋다."

"역사적인 순간을 그릴 수 있어서 영광이야."

"누나가 우리의 역사를 기록해 줘서 더 영광이지."

최치우의 미소에 문지유는 가슴이 뛰는 걸 느꼈다.

그녀는 오래도록 최치우를 좋아하고 있었다.

어쩌면 고등학생과 편의점 알바 그림 작가로 처음 만났을 때부터 감정이 싹텄는지도 모른다.

하지만 너무 거대한 위인이 돼버린 최치우에게 마음을 표현할 수 없었다.

그렇기에 마음을 접었지만, 여전히 최치우만 보면 떨리는 심장은 주체하기 힘들었다.

"요즘 누나 웹툰 덕분에 우리 회사 이미지가 엄청 좋아졌다고 들었어. 어린 학생들도 올림푸스가 어떤 회사인지 잘 알게 됐고. 늘 하는 말이지만 고마워."

"아니야, 내가 좋아서 그리는 거고 당연히 해야 하는 일인걸."

"세상에 당연한 게 어딨어. 아무튼 나는 올라가서 회의 좀 하고 내려올게. 이따 봐, 누나!"

"그래. 고생해, 치우야."

최치우의 스케줄이 워낙 바빠 두 사람은 한국에서도 얼굴을 보기 힘들었다.

오랜만에 문지유와 이야기를 나눈 최치우는 걸음을 옮겼다.

시장과 직원들이 그가 몸을 돌리기만 기다리고 있었다.

내일 열릴 준공식을 앞두고 최치우와 의논할 게 적지 않기 때문이다.

저벅저벅—

최치우는 문지유를 남겨두고 라이프치히 시장실로 움직였다.

금세 한국말이 아닌 영어를 쓰며 시장의 브리핑을 듣는 그의 얼굴이 사뭇 진지해 보였다.

문지유는 그런 최치우의 모습을 바라보며 속마음을 삼켰다.

'지켜보는 것만으로… 너의 이야기를 그릴 수 있는 것만으로 감사해. 오랜 시간이 지나도 세상이 널 기억할 수 있도록 노력할게, 치우야.'

최치우는 7번의 환생을 거치며 언제나 세상의 정점에 우뚝 섰었다.

그만큼 강인한 영혼의 소유자였다.

하지만 어디에도 마음을 붙이지 못했고, 삶이 끝나면 방랑자처럼 다른 차원으로 사라질 따름이었다.

그러나 최치우로 살아가는 현대에서는 다를 것 같았다.

마음을 나누는 사람들이 있고, 최치우의 이야기를 웹툰으로 기록하는 문지유가 있기 때문이다.

세월이 지나도 문지유의 웹툰을 통해 사람들은 최치우와 올림푸스의 신화를 기억하게 될 것이다.

라이프치히에 도착한 최치우는 늘 그렇듯 역사를 쓰고 있었고, 문지유는 그의 역사를 기록하고 있었다.

두 사람의 마음은 엇갈렸지만, 함께 영원히 기억될 발자취를 남기고 있었다.

*   *   *

독일 정부에서 단단히 마음을 먹고 행사를 준비한 티가 역력하게 났다.

메르켈 총리의 참석뿐 아니라 주요 부처 장관, 심지어 라이프치히에서 멀리 떨어진 프랑크푸르트와 쾰른의 시장도 얼굴을 비쳤다.

이유는 간단하다.

소울 스톤 발전소 준공식이 모든 독일 국민들의 관심을 받는 행사이기 때문이다.

이런 자리에 얼굴을 보이면 정치인 입장에서 나쁠 게 하나도 없다.

오죽하면 프랑크푸르트와 쾰른 시장이 시간을 쪼개서 라이프치히까지 왔겠는가.

발전소 준공은 라이프치히라는 도시의 경사가 아니었다.

독일의 축제였고, 나아가 온 유럽의 부러움을 사는 일이다.

"오늘이 있기까지 묵묵히 땀을 흘린 우리 국민들의 저력을, 그리고 불운한 사고에 의해 목숨을 바쳐 밀알이 된 희생자들을 절대 잊지 않겠습니다. 소울 스톤 발전소를 시작으로 우리 독일은 대체에너지를 선도하는 친환경 중심 국가로 나아가겠습니다!"

메르켈 총리의 단단하고 옹골찬 연설이 끝났다.

수많은 사람들이 자리에서 일어나 박수를 보냈다.

최치우는 새삼 메르켈의 저력을 확인했다.

그녀는 말이 유창한 달변가 스타일은 절대 아니다.

하지만 또박또박한 발음으로 투박하게 진심을 전달하는 재주가 있다.

오랜 시간이 지나도 독일 국민들이 메르켈을 신뢰하는 것은 변함없는 태도 때문이다.

메르켈 다음으로는 라이프치히 시장이 짧게 축사를 했다.

마지막 순서는 최치우의 몫이었다.

최치우는 기대 어린 시선을 한 몸에 받으며 단상으로 걸어나 갔다.

전 세계에서 몰려든 기자들의 카메라 플래시가 최치우를 향해 빛을 발하고 있었다.

준공식 현장은 독일 전역에 생중계되는 중이다.

최치우는 생생한 라이브 방송으로 독일 국민들에게 선을 보이게 됐다.

현장에서, 또는 TV로 최치우를 지켜보는 사람들은 침을 꼴깍 삼켰다.

메르켈 총리의 연설과 라이프치히 시장의 축사도 인상적이었지만, 역시 클라이맥스의 주인공은 최치우다.

프레젠테이션의 달인으로 알려진 최치우가 어떤 이야기를 꺼낼지 예측 기사를 쏟아낸 언론도 많았다.

물론 천하의 최치우가 언론의 예상대로 움직일 리 없다.

그는 마이크 앞에서 쉽게 입을 열지 않았다.

그저 단상에 서서 가만히 청중들을 바라보고 있었다.

"……."

예기치 못한 침묵이 길어지고, 여기저기서 웅성거리는 소리가 새어 나오기 시작했다.

설마 올림푸스의 CEO 최치우가 긴장해서 말문이 막힌 것일까.

그렇다면 대형 사고인 동시에 특종이다.

카메라를 잡은 기자들의 눈이 교묘하게 빛나는 찰나, 드디어 최치우가 입을 뗐다.

"지금 이 순간, 저는 올림푸스와 퓨처 모터스의 대표가 아닙니다."

충격적인 발언이었다.

사람들은 믿을 수 없다는 표정으로 서로를 쳐다봤다.

연설을 마치고 귀빈석에 앉은 메르켈 총리의 얼굴도 딱딱하게 굳었다.

사전에 합의된 시나리오가 아니기 때문이다.

그러나 최치우의 말이 이어지며 놀라움은 감동으로 바뀌었다.

"오늘만큼은 감히 대한민국 국민의 대표로 이 자리에 섰습니다. 우리나라는 독일에 많은 빚을 지고 있습니다. 어려운 시절, 독일에서 광부와 간호사로 일했던 아버지 어머니 덕분에 대한민국이 전쟁의 아픔을 딛고 일어설 수 있었습니다. 한강의 기적은 라인강의 기적을 보고 배운 것입니다. 그 빚을, 그 고마움을 소울 스톤 발전소로 갚게 됐습니다."

아무도 예상하지 못한 말이었다.

최치우가 지난 역사를 언급하며 감사를 표시할 줄은 상상도 못 했을 것이다.

글로벌 기업의 CEO가 아닌 대통령이 할 법한 연설이었다.

사실 투자 계약 조건을 떠나 독일 국민들은 소울 스톤 발전소를 라이프치히에 지어줘서 고마운 마음을 느끼고 있었다.

그런데 오히려 올림푸스의 CEO인 최치우에게 고맙다는 말을 듣게 됐다.

깊은 감동은 반전에서 나오는 법이다.

최치우는 이미 몇 마디 말로 독일 국민들의 마음을 완전히 사로잡았다.

이후로는 무슨 말을 해도 좋게 들릴 수밖에 없다.

곧이어 연설을 마친 최치우가 마이크에서 몇 발짝 떨어져 고개를 숙였다.

그러자 땅이 흔들릴 정도로 커다란 박수가 울렸다.

짝짝짝짝짝—!

심지어 메르켈 총리의 연설이 끝났을 때보다 박수 소리가 더 컸다.

최치우는 다른 나라도 아닌 독일에서, 그것도 가장 사랑받는 정치 지도자로 장기 집권 하는 메르켈보다 더 뜨거운 박수 세례를 받은 것이다.

이어진 커팅 행사에서도 방송국과 기자들의 카메라는 최치우를 쫓아다니기 바빴다.

만약 최치우가 소울 스톤 발전소의 효율성을 자랑했다면 감동은 없었을 것이다.

하지만 그는 스스로를 낮추면서 역설적으로 가장 높아졌다.

전략이라면 소름 끼칠 정도의 계산이고, 진심이라면 더 무서운 일이다.

그래서인지 이따금 최치우를 쳐다보는 메르켈 총리의 눈빛이 심상치 않았다.

준공식이 무사히 끝나고 두 사람 사이에 오갈 대화가 한층 무거워질 것 같았다.

*   *   *

준공식은 성황리에 끝났다.

소울 스톤 발전소에서 생산될 친환경 에너지가 라이프치히는 물론이고, 독일과 유럽 전체에 새로운 바람을 일으키게 될 것이다.

그러나 행사는 끝나도 시간은 멈추지 않는다.

최치우는 메르켈 총리와 독대하게 됐다.

다른 사람들을 물리고 통역 같은 배석자도 하나 없는 단독 회담이었다.

라이프치히 시장도, 독일 장관들도 자리를 비워줄 수밖에 없었다.

"대표님의 연설, 벌써 반응이 어마어마합니다. 정치라도 하실 생각입니까?"

메르켈은 대뜸 직설적인 질문을 던졌다.

최치우는 여유로운 표정을 지으며 편하게 대답했다.

"세상을 바꾸는 데 도움이 된다면, 정치라고 못 할 것도 없습니다."

"정말 그렇다면……."

"하지만 아직은 때가 아니죠. 굳이 독일과 한국의 역사를 언급하며 감사한 마음을 드러낸 건 진심이었습니다. 그리고……."

"그리고?"

"독일이 한국을 도와줬던 것처럼, 다시 세계를 위해 역할을 해달라는 부탁의 의미이기도 합니다."

"어떤 역할을 말하는 것입니까?"

메르켈이 입술을 굳게 다물었다.

특유의 포커페이스가 나온 것이다.

두 사람은 라이프치히 테러를 겪으며 서로를 아군으로 생각하게 됐다.

독일 정부에 파고든 네오메이슨이라는 공동의 적을 함께 물리친 사이다.

그러나 무조건 덮어놓고 편을 들어주는 관계는 존재하지 않는다.

사안에 따라 첨예한 긴장이 형성될 수 있다.

"아프리카에서 전쟁을 일으킬 계획입니다."

최치우가 먼저 팽팽한 긴장의 끈을 잡아당겼다.

그의 발언에 깜짝 놀란 메르켈이 눈을 크게 떴다.

포커페이스가 깨진 것이다.

"전쟁이라니, 그건 또 무슨 말입니까?"

"네오메이슨이 일으키는 더 큰 전쟁을 막기 위한 예방 전쟁입니다."

최치우는 망설이지 않고 본론을 꺼냈다.

유럽 대륙의 맹주 독일 총리에게 아프리카 대륙의 운명을 터놓을 시간이었다.

*　　　　　*　　　　　*

최치우와 메르켈 총리의 독대는 예상 시간을 훌쩍 넘길 만큼 길어졌다.

이따금 독일 정부의 공무원들이 안으로 들어와 메르켈 총리에게 다음 일정을 알려줬다.

하지만 그때마다 메르켈 총리는 고개를 내저었다.

그 어떤 일정보다 최치우와 대화를 나누는 게 중요하다는 뜻이었다.

입술을 굳게 다물고 고개를 젓는 메르켈 총리는 단호함이 무엇인지 몸소 보여줬다.

나름 힘깨나 쓰는 독일의 고위 공무원들도 감히 총리를 설득할 엄두조차 못 냈다.

그저 메르켈 총리 스스로 일어설 때까지 기다리는 게 최선이다.

사실 마냥 기다리는 것만이 문제가 아니었다.

그보다 바깥의 사람들은 궁금해 미칠 지경이었다.

대체 최치우와 무슨 이야기를 나누기에 약속을 생명처럼 여기는 메르켈이 다음 일정을 모조리 취소시킨 것일까.

단순히 소울 스톤 발전소가 주제는 아닌 게 분명하다.

나중에라도 내막을 알게 되면 다들 고개를 끄덕일 수밖에 없을 것이다.

최치우는 아프리카에서 전쟁을 일으키겠다고 공언했다.

이미 UN 사무총장과 케냐 대통령도 동의했다는 말을 덧붙였다.

유럽의 맹주이자 국제 정치 무대의 키 플레이어인 메르켈 총리가 절대 간과할 수 없는 사안이었다.

"아무리 그래도 아프리카 인구 말살 정책이라니⋯ 지나친 과대망상 리포트를 너무 고평가하는 것 아니겠습니까?"

그녀는 네오메이슨이 추진하는 음모를 부정했다.

어쩌면 당연한 반응이다.

아프리카 인구 말살 정책은 처음부터 끝까지 황당무계한 시나리오로 가득 차 있다.

동시다발적 내전을 일으키고, 그것을 명분으로 삼아 대량살상무기와 생화학무기를 터뜨리는 스토리는 영화로 만들기도 힘들다.

그런데 네오메이슨은 황당한 시나리오를 현실로 만들 준비를 착실히 해왔다.

최치우는 다양한 증거를 내밀며 메르켈 총리를 설득했다.

외부에서 자금을 지원받은 신규 반군이 세를 불리고 있고, 연합체를 결성했다는 증언이 결정타였다.

이제 좀 중동이 조용해졌다, 싶은 시기였다.

북한은 호시탐탐 핵보유국으로 인정받을 날만 노리고 있다.

그런데 아프리카 대륙에서 또다시 내전의 불씨가 번진다면, 세계는 과연 그만한 혼란을 감당할 수 있을까.

이것저것 고민하고 인내하기 싫은 여론이 들불처럼 타오를지 모른다.

그러다 보면 정말로 대량살상무기를 아프리카 대륙에 퍼붓는 그림이 실현될 수도 있는 것이다.

명분은 반군 퇴치와 진압이지만, 무고한 민간인들이 가장 큰 피해를 입을 게 뻔하다.

"총리님, 결단을 내려주십시오."

최치우는 두 눈을 똑바로 뜨고 메르켈 총리를 압박했다.

국제 무대에서 최치우처럼 메르켈을 몰아붙일 수 있는 정치인은 없을 것이다.

독일의 총리라는 무게감은 웬만한 정치인을 숨도 못 쉬게 만든다.

하지만 최치우는 지위에 위축되지 않았다.

게다가 이미 메르켈과 여러 번 호흡을 맞추며 속내를 터놓은 사이다.

진정한 파트너가 되려면 가장 어려울 때 손을 잡아야 한다.

바로 지금, 아프리카 대륙의 위기를 미리 감지한 바로 이 순간이 서로의 신뢰를 시험할 타이밍이다.

"UN 평화유지군의 전투 병력 확충을 옹호하고, 유사시 우리 독일의 정치력으로 미군의 개입을 막는 것은… 말처럼 쉬운 일이 아닙니다."

메르켈이 한 자, 한 자 고심해서 내뱉었다.

최치우는 메르켈의 정치력을 요구했다.

독일이 유럽 국가들을 이끌고 한목소리를 내주면 알렉산드로 사무총장에게 힘이 실린다.

그래야만 수월하게 비밀스러운 프로젝트를 진행할 수 있다.

최치우는 특히 미군의 개입을 막는 데 방점을 뒀다.

"아시는 것처럼 올림푸스는 펜타곤의 파트너입니다. 그러나 펜타곤과 미국 정부 곳곳의 강경한 극단주의자들은 무슨 생각을 하는지 알 수 없습니다. 미국 군수업체 주식을 다량으로 확보한 네오메이슨은 결국 미군을 움직이려 들겠죠."

"미군이 개입하게 되면……."

"그렇습니다. 미군은 폭주 기관차 같습니다. 한번 질주를 시작하면 누구도 브레이크를 밟기 힘들죠."

전쟁은 살아 있는 생물과 비슷하다.

마음대로 시작했다고 해서 원할 때 끝낼 수 있는 게 아니다.

만약 세계 최강의 무력과 규모를 자랑하는 미군이 개입하면 전쟁의 불길은 더욱 거세게 타오를 것이다.

미군은 전쟁을 수행하게 되면 반드시 눈에 보이는 성과를 내야 한다.

그게 원칙이다.

최치우는 UN 평화유지군과 헤라클레스만으로 내전의 불씨를 꺼뜨릴 작정이었다.

그게 최소한의 희생으로 더 큰 전쟁을 막을 수 있는 유일한 방법이다.

"아프리카 대륙에서 전쟁이 발생하면 제조업 강국인 우리 독일은 수혜를 볼 가능성이 높습니다."

명분을 납득한 메르켈 총리는 현실적인 이야기를 꺼내며 방향을 돌렸다.

그녀의 말은 틀림없는 사실이었다.

머나먼 아프리카에서 사람들이 죽어나가도 독일 국민들은 피를 흘리지 않는다.

오히려 전쟁으로 인한 경기 호황의 혜택을 누릴 것이다.

아프리카 인구 말살 정책은 네오메이슨만 이익을 보는 시나리오가 아니었다.

그들과 이익을 공유하는 서양의 선진국 대부분이 승자가 되는 시나리오다.

그렇기에 진정 위험한 외통수였다.

계산기를 두드린 선진국 정부는 모른 척 입을 닫을 확률이 높다.

과연 독일도, 메르켈 총리도 이익을 따라 움직일까.

최치우는 다른 결과를 기대했다.

패전국의 멍에를 쓰고 유럽의 맹주가 되기까지, 독일은 뼈저린 반성을 거듭해 왔다.

자국의 이익만을 좇은 결과가 두 번의 세계대전이었다.

역사에서 배운 게 있다면 메르켈의 독일은 다른 선택을 내릴 것이다.

"유럽 대륙은 아프리카 대륙에 많은 빚을 지고 있습니다. 식민지 시절의 착취부터 노예 무역까지… 그 빚은 지금도 이어지고 있죠. 독일이 먼저 빚을 갚는다면 다른 국가들도 뒤따르지 않겠습니까?"

최치우는 담담한 어조로 말했다.

그는 절대 흥분해서 자기주장을 내세우지 않았다.

툭하면 목소리를 높이는 건 하수들의 특징이다.

고수는 마음을 움직이는 데 집중한다.

이윽고 메르켈 총리가 바싹 마른 입술을 달싹였다.

"D—Day를 언제로 정했습니까, 대표님."

"빠르면 9월, 늦어도 10월. 가을이 지나기 전에 결실을 보려 합니다."

"우리 독일 사람들은… 빚지고 못 사는 성격입니다."

메르켈이 결단을 내렸다.

최치우는 미소가 번지는 걸 숨기지 않았다.

철의 여인이 든든한 버팀목이 되어주면 마음껏 날개를 펼칠 수 있다.

알렉산드로 사무총장도 UN 평화유지군의 전투 병력을 확충하는 데 큰 부담을 덜게 됐다.

최치우는 라이프치히에서 두 번째 소울 스톤 발전소의 시작을 축하했다.

동시에 메르켈 총리를 아군으로 만들며 아프리카를 구하기 위한 전쟁을 준비하고 있었다.

최치우와 메르켈 덕분에 유럽 대륙이 아프리카에게 진 과거의 빚을 아주 조금이나마 갚게 될 것 같았다.

$*$ $*$ $*$

알렉산드로 총장은 아프리카에 파견된 UN 평화유지군의 전투 병력을 늘리는 데 집중했다.

UN 사무총장을 이빨 빠진 호랑이라 부르는 사람들도 적지 않다.

명성에 비해 실제 권력은 약하다는 인식 때문이다.

하지만 사무총장이 작정하고 일을 추진하면 이야기는 전혀 달라진다.

대부분의 사무총장은 안보리 상임 이사국의 눈치를 보기 때문에 이빨 빠진 호랑이가 되는 것뿐이다.

실제로 UN 사무총장은 엄청난 재량권을 가지고 있다.

쓰지 않아서 몰랐을 뿐, 마음먹고 나서면 전투 병력을 대폭 증강하는 것쯤은 어렵지 않았다.

아마 몇 달이 지나면 아프리카 평화유지군의 덩치가 갑자기 커졌다는 소식이 전해질 것이다.

그때가 되면 상임 이사국에서 사무총장을 견제하며 이유를 따질지 모른다.

그러나 최치우와 알렉산드로 총장이 합의한 D—Day는 늦어도 10월이다.

두 사람은 상임 이사국이 이상한 기색을 눈치채기 전에 모든 일을 마칠 계획이었다.

물론 성공적으로 반군 연합을 진압해도 후폭풍이 만만치 않을 것이다.

아무리 UN 사무총장의 직권이 있다고 해도 상의 없이 전투 병력을 늘린 것, 그리고 절차를 어기고 선제공격을 지시한 것 모두 문제 삼을 게 분명했다.

최악의 경우 알렉산드로 총장의 조기 퇴진을 요구할 수도 있다.

최치우는 그때를 대비해 라이프치히에서 메르켈 총리를 포섭한 것이다.

독일이 알렉산드로 총장을 밀어주면 후폭풍을 버티는 게 가능하다.

어느 정도 책임을 질 수는 있어도 조기 퇴진은 막을 수 있다.

그렇기에 알렉산드로 총장도 부담을 덜고 전투 병력 증강을 추진하게 됐다.

최치우는 마치 그림자 속 칼날 같았다.

수면 아래에서 거대한 물줄기의 흐름을 조정하고 있었다.

헤라클레스 역시 가만히 때만 기다리지는 않았다.

남아공을 거점으로 케냐까지 진출한 헤라클레스는 베테랑 용병들을 대거 스카우트했다.

용병 세계에서는 헤라클레스가 돈주머니를 풀었다는 소문이 퍼져 나갔다.

리키와 함께 동고동락한 초창기 멤버들에 미군 특수부대 출신들이 헤라클레스의 1진이다.

남아공과 케냐에서 거액을 안기며 스카우트한 대원들은 2진으로 재편됐다.

헤라클레스 1진의 병력이 대략 200여 명, 2진은 최근 두 달 사이 무려 500명까지 늘어났다.

최치우는 9월까지 1,000명을 채우라는 명령을 내려놓았다.

잘 훈련된 특수 병력 200명과 산전수전 다 겪은 용병 출신 800명, 도합 1,000명의 무장단체는 아프리카에서 웬만한 국가 정규군 부대를 압살할 수 있다.

머릿수는 많아도 아프리카의 군대 대다수가 오합지졸이기 때문이다.

반면 헤라클레스의 전투력은 독보적이다.

미군 특수부대 방식의 체계적인 강훈련이 거듭되고, 무엇보다 무기와 보급의 질이 다르다.

덩치를 키운 UN 평화유지군과 최강의 외인부대 헤라클레스.

여기에 케냐와 남아공 정부군 등 최치우와 알렉산드로 총장을 믿고 힘을 보태는 국가들이 나서면 드넓은 아프리카 대륙 전체에 파란을 일으킬 수 있다.

10년이 넘는 세월 동안 3차대전에 버금가는 혼란을 준비해 온 네오메이슨을 고작 몇 개월이라는 단기간에 따라잡아야 한다.

최치우의 진두지휘로 장작은 착착 쌓이고 있었다.

불이 붙는 순간, 아프리카에 쌓아 놓은 장작들은 걷잡을 수 없이 타오를 것이다.

최치우는 순수한 불꽃으로 검은 대륙에 드리운 네오메이슨의 음모를 모조리 태워 버릴 생각이었다.

―바빠도 밥은 잘 챙겨 먹어. 끼니 거르지 마, 알았지?

"어머니랑 같은 이야기를 하네. 혹시 두 사람 짠 거 아니야?"

―짜긴 뭘 짜. 여자 말 잘 들으면 자다가도 떡이 생긴다고 했어. 그러니까 어머님이랑 내 말 들어.

"알았어. 밥부터 먹을게."

―그럼 자고 일어나서 또 연락할게, 치우야. 오늘도 힘내.

"잘 자."

최치우는 뉴욕에 있는 유은서와 전화 통화를 마치고 미소를 지었다.

올림푸스와 퓨처 모터스로 신화를 쓰고, 남몰래 아프리카에서 전쟁을 준비하는 거물이지만 소중한 사람의 목소리를 들으면 웃음이 절로 번진다.

다른 차원에서의 전생과 현대의 삶이 다른 점이었다.

최치우는 어느 전생 못지않은 성공을 거뒀다.

하지만 인간적인 마음을 상실하지 않았다.

과거의 환생에선 생존, 또는 강함 그 자체를 위해 인간성을 뒤로했다.

그래야만 환생한 차원의 정점에 설 수 있을 줄 알았다.

그러나 현대에서 처음으로 어머니라는 이름의 가족을 만나고, 소중한 사람들과 인연을 맺게 되면서 생각이 달라졌다.

지키고 싶은 사람이 있어야 더 강해질 수 있다는 진리를 깨달은 것이다.

똑똑—

그때 누군가 대표실 문을 두드렸다.

먼저 보고를 하지 않고 곧바로 대표실 문을 두드릴 수 있는 사람은 올림푸스 내부에 몇 명 없다.

"들어오세요."

최치우가 입을 열었다.

보나 마나 임동혁 부사장일 것이다.

아니나 다를까, 임동혁이 웃음을 감추지 못하고 대표실로 들어왔다.

"무슨 일인데 그렇게 기분이 좋습니까?"

"청와대에서 연락이 왔습니다."

"결과는?"

"컨펌입니다. 평양 특사단의 경제인 대표단… 오성 이지용 부회장과 대표님으로 확정이 됐습니다."

최치우가 검지를 들어 임동혁을 가리켰다.

남들이 보면 삿대질을 하는 것으로 착각할 수 있다.

그러나 둘 사이에서만 통하는 칭찬 사인이다.

"정제국 대통령이 대표님께 진 빚을 잊지는 않은 모양입니다."

"빚을 쉽게 잊어버릴 캐릭터는 아니죠. 그래서 득 될 게 없으니까."

"청와대 홍보수석실에서 내일 오전 언론에 발표할 예정이라고 합니다."

"김지연 이사한테 말해서 우리 쪽 보도 자료 준비시키세요. 그리고 부사장님도 고생 많았습니다. 대통령이 우호적이긴 해도 청와대 비서실장이 상당히 깐깐하다고 들었는데."

"아닙니다. 그만한 늙은 여우를 다독거리는 것쯤이야 껌입니다."

임동혁은 정재계에서 활약하는 유일한 재벌 2세 출신의 로비스트나 다름없다.

타고난 인맥과 네트워크에 미친 승부욕까지, 그는 올림푸스의 2인자 역할을 톡톡히 해내고 있었다.

이로써 최치우는 두 개의 칼을 꺼냈다.

하나의 칼은 아프리카를, 또 하나의 칼은 북한을 겨누고 있다.

그의 무대는 상상을 초월할 정도로 커지고 있었다.

2장
평양 Dream

최치우는 독일인들의 존경과 사랑을 확인하고 돌아왔다.

라이프치히에서 최치우가 받은 환대는 대한민국의 자긍심을 높이기에 충분했다.

현대 사회에서 독일은 선진국의 상징처럼 여겨지는 국가다.

패전의 상처를 극복하고, 유럽의 맹주로 우뚝 선 독일의 역사는 한국의 롤 모델이었다.

실제로 독일은 정치면 정치, 경제면 경제, 교육이면 교육 등 모든 부분에서 기준점을 제시하고 있다.

비단 한국만 독일을 롤 모델로 바라보는 게 아니다.

유럽의 여러 국가들, 남미와 아프리카의 개발도상국, 심지어 세계 최강대국 미국마저 독일이라고 하면 한 수 접어주는 분위기다.

그런 독일 국민들이 최치우에게 열화와 같은 환호를 보냈다.

독일 역사에서 손꼽히는 인기 정치인 메르켈 총리보다 박수
소리가 더 컸다.

최치우의 유명세는 어제 오늘 일이 아니지만, 라이프치히의
소울 스톤 발전소 준공식은 그의 존재감을 한 계단 더 끌어올
렸다.

명실공히 세계 주요국의 대통령과 버금가는 영향력을 공인
받은 셈이다.

그래서일까.

평양 특사단의 경제인 대표로 오성그룹의 이지용 부회장과
올림푸스의 최치우, 단 두 명만이 이름을 올렸다.

오성그룹은 3대째 뿌리를 내려온 대한민국 최고의 기업이다.

심지어 한국을 오성 공화국이라 부르는 사람도 있을 만큼 막
강한 영향력을 자랑한다.

올림푸스와 퓨처 모터스의 시가총액이 150조 원을 넘어 200조
를 향해 달려가고 있지만, 여전히 350조 원 이상의 시총을 자랑
하는 오성그룹을 넘어서려면 여러 고비가 남았다.

올림푸스가 신흥 글로벌 기업이라면 오성그룹은 반도체와
디스플레이, 스마트폰 제조업을 기반으로 한 1세대 글로벌 기
업이다.

불과 얼마 전까지만 해도 오성그룹 뒷자리는 현기 자동차의
차지였다.

현기 역시 글로벌 시장에서 5위까지 오른 저력을 지닌 대기업이다.

하지만 지금은 올림푸스와 퓨처 모터스에게 시가총액 기준 국내 2위 자리를 내주고 밀려났다.

명성과 정치력에 있어서도 현기 자동차의 후계자 홍문기 부회장은 최치우의 상대가 못 된다.

게다가 홍문기 부회장은 최치우의 작전에 휘말려 유치장 신세를 지고 법정 다툼을 이어가는 중이다.

평양 특사단에 이지용과 최치우가 포함된 것은 지극히 당연한 결과 같았다.

재계와 정계에서도 별다른 반론이 나오지 않았다.

국민들은 뜨거운 관심을 보내고 있었다.

최근 북한은 핵과 장거리 미사일 개발에 열을 올리며 국제사회의 문제아로 자리매김했다.

원래도 문제아가 아닌 적은 없었다.

하지만 지난 몇 년 사이 북한의 핵 도발 징후가 훨씬 심해졌다.

이토록 엄중한 상황에서 정제국 대통령이 평양 특사단이라는 승부수를 던진 것이다.

특사단의 방북이 성공적으로 끝나면 남북 정상회담도 추진될 수 있다.

그렇기에 특사단의 면면도 화려하기 그지없었다.

정부에서는 대통령 비서실장과 국정원장이 나섰고, 경제인 대표로는 대한민국 재계의 투톱이 선발됐다.

문화인 대표단의 이름값도 만만치 않았다.

국민 가수 조영필과 빌보드까지 진출한 아이돌 에릭이 평양으로 가는 차에 함께 타게 됐다.

6명의 대표단과 수행 및 경호원으로 구성된 특사단은 육로를 이용해 이동한다.

판문점을 지나 평양으로 가는 육로를 개방한 것은 북한도 나름 큰 결심을 했다는 뜻이다.

한계에 부딪힌 북한 경제를 남북 협력으로 극복하려는 의지가 엿보였다.

'이 기회를 반드시 살린다.'

최치우는 다른 나라도 아닌 북한으로 떠나는 날을 앞두고 각오를 되새기고 있었다.

6인의 평양 특사단 중에서 가장 뜨거운 의지를 불태우는 사람이 바로 최치우일지 모른다.

최치우는 남북 정상회담 성사라는 임무를 짊어진 대통령 비서실장이나 국정원장보다 더 큰 목표를 품었다.

평양을 기점으로 무주공산인 북한 땅 곳곳에 올림푸스의 깃발을 꽂겠다는 비전이다.

북한에 매장된 지하자원은 무궁무진하다고 알려져 있다.

그러나 중국과 러시아 자본이 조금씩 개발을 하는 정도에 그치는 실정이다.

만약 남북 협력이 성사되고, 올림푸스가 대표로 북한의 자원 개발을 주도할 수 있다면 어떻게 될까.

그야말로 황금이 가득 묻힌 노다지 밭을 얻는 것이나 마찬가지다.

세계시장으로 뻗어나가는 것이 올림푸스와 퓨처 모터스의 주요 목표다.

하지만 최치우는 단순한 글로벌 경영을 추구하는 게 아니었다.

진흙 속의 진주를 발견하고, 그 가치를 재발견하는 것이 올림푸스의 설립 취지와 어울린다.

아프리카 대륙이 첫 번째 진흙 속 진주였다면 북한은 두 번째 진주가 될 수 있다.

물론 아프리카보다 훨씬 복잡한 변수가 작용할 수밖에 없다.

기업인 혼자서 북한과의 경제 교류를 성사시킬 수는 없기 때문이다.

남북의 정치 문제뿐 아니라 북핵 완전 폐기를 요구하는 미국 등 국제 정치도 뇌관처럼 얽혀 있다.

괜히 잘못 건드리면 폭탄이 터질지 모른다.

승승장구하던 올림푸스가 북한 리스크 직격탄을 맞고 추락할 가능성도 없지 않다.

그럼에도 불구하고 최치우는 마음속으로 단단히 결심을 굳혔다.

하이 리스크, 하이 리턴.

위험을 두려워하지 않고, 오히려 불구덩이로 뛰어들어 보석을 건지는 게 최치우의 라이프 스타일이다.

평양행을 앞둔 그는 또 다른 역사를 준비하고 있었다.

            *   *   *

특사단은 서울 시내 모처에서 평양 방문을 위한 교육을 받았다.

물론 6명이 똑같은 시간 한자리에 모이는 것은 불가능했다.

다들 바쁘기로 둘째가라면 서러운 사람들이기 때문이다.

대통령 비서실장과 국정원장은 정부에서 업무량이 많기로 유명한 자리다.

또 무슨 수로 이지용 부회장과 최치우의 일정을 맞추겠는가.

365일 국내외 공연 일정이 빼곡한 에릭의 스케줄을 조정하는 것도 보통 일이 아니다.

국민 가수로 추앙받는 조영필을 아무 때나 오라 가라 할 수도 없다.

결국 6인의 특사단은 각자 다른 날 교육을 받을 수밖에 없었다.

정부 소속인 두 사람을 제외하면 특사단은 청와대에서도 함부로 대할 수 없는 주요 인사로 구성됐다.

화려한 구색을 갖춘 만큼 그들을 수행하는 실무진의 부담도 커진 셈이다.

뜨거운 한여름의 태양이 이글거리는 8월, 엄청난 환영 인파를 뒤로하고 특사단을 태운 버스가 판문점을 넘어섰다.

한 대의 대형 버스에 6명의 특사와 소수의 수행원 및 경호원들이 탑승했다.

최치우도 그제야 나머지 5명의 특사들과 얼굴을 마주할 수 있었다.

'비서실장은 듣던 대로 깐깐해 보이고, 국정원장은 속을 알 수 없는 능구렁이 같군. 조영필 선생님은 수줍은 인상이고, 에릭은 밝고 활기차지만 긴장한 기색이 역력하다. 그리고……'

아무래도 오성그룹의 이지용 부회장을 의식할 수밖에 없었다.

최치우와 함께 경제인 대표단에 포함됐고, 국내 재계 서열 1위라는 상징성이 있기 때문이다.

사실 최치우는 이지용 부회장과 구면이었다.

작년 1월, 유력 대선 후보였던 유경민을 낙마시키는 과정에서 이지용과 손을 잡았다.

가상화폐인 오성코인 아이디어를 주고, 그 대가로 유경민에 대한 오성그룹의 지원을 끊게 만들었다.

이후 유경민은 대선 후보에서 범죄자로 추락하고 만다.

따지고 보면 최치우와 이지용의 일시적 동맹이 정제국을 대통령으로 만든 것이다.

짧지만 결코 가볍지 않은 인연이다.

최치우는 먼저 이지용에게 말을 걸었다.

"진짜 북한 땅을 밟게 되는군요."

"그러네요. 우리는 1년 8개월 만에 다시 만난 것이지요?"

"그쯤 된 것 같습니다."

"최 대표님을 만나면 뭔가 큰일이 벌어지는 기분이 들어요. 그때도……"

이지용이 말끝을 흐렸다.

어색한 분위기가 감도는 버스 안에는 듣는 귀들이 많다.

최치우와 이지용 사이의 일화가 흘러 나가면 여러모로 귀찮아질지 모른다.

특히 청와대에서 파견 나온 수행원들은 귀를 쫑긋 세우고 있었다.

버스에서부터 평양, 그리고 다시 서울로 돌아올 때까지 모든 대화를 기억하고 보고하는 게 그들의 임무다.

최치우는 난감한 상황에 빠진 이지용을 도와줬다.

"부회장님은 워낙 바쁘실 텐데, 특사단 일정을 흔쾌히 수용했다고 들었습니다. 쉽지만은 않은 결정 아닙니까."

"국가에서 하는 일인데 당연히 힘을 보태야지요."

이지용 부회장이 트레이드마크인 무테안경을 치켜 올리며 대답했다.

그는 최치우 덕분에 말실수 위기를 모면해서인지 안색이 다시 밝아졌다.

하지만 최치우는 원하는 바를 얻었다.

아주 짧은 대화를 통해 이지용의 의도를 파악한 것이다.

'오성그룹은 북한 투자를 노리고 있지 않다. 아직 현실 가능

성이 낮다고 생각하겠지. 그저 청와대에 협조하기 위해 특사단에 합류했을 뿐.'

사람은 누구나 예기치 못한 순간이 찾아오면 쉽게 속내를 드러낸다.

국가에서 하는 일에 힘을 보태겠다는 이지용 부회장의 말은 가식이 아니었다.

이지용에게 있어 이번 평양 방문은 정부에 협조하는 데 의미를 두는 행사일 뿐이다.

최치우처럼 대규모 북한 자원 개발이나 투자를 염두에 두고 있지 않았다.

만약 오성그룹이 북한을 비즈니스 필드로 생각하면 올림푸스는 까다로운 경쟁자를 마주하게 되는 셈이다.

그러나 내부경쟁은 걱정하지 않아도 될 것 같았다.

남북 경제협력이 성사되면 올림푸스가 북한이라는 블루 오션을 선점할 확률이 높아졌다.

"아아, 아아."

그때였다.

특사단 수행원의 책임자가 버스 앞에서 실내 마이크를 잡았다.

"잠시 실례하겠습니다. 출발 전 안내드린 것처럼 저희는 평양에 도착해 휴식을 취할 예정입니다. 저녁에는 북한 예술단이 주최하는 환영 만찬과 공연이 준비돼 있습니다. 정부 대표단, 경제인 대표단, 문화인 대표단의 공식 교류 행사와 회담은 내일 오전부터 진행됩니다. 다만 북한 당국의 사정에 따라 일정은 변동될 수 있다는 점, 널리 양해를 부탁드립니다."

최치우는 머릿속으로 평양의 풍경을 그려봤다.

사방이 꽉 막힌 공산주의 독재국가의 수도, 평양.

과연 그곳의 사람들은 어떤 모습으로 살아가고 있을까.

사람 사는 곳은 다 비슷비슷할까.

'판을 새로 깔고 평양을 먹는다.'

최치우는 담대한 발상을 거침없이 전개시켰다.

정해진 일정대로 움직이면 꼭두각시 노릇밖에 할 수 없다.

평양까지 와서 빈손으로 돌아가면 천하의 최치우가 아니다.

그는 정부의 들러리나 설 마음이 눈곱만큼도 없었다.

어쩌면 전 세계에서 가장 위험한 지역이 평양일 수도 있다.

아무 이유 없이 수용소에 끌려가도 이상하지 않은 독재국가 이기 때문이다.

최치우는 그러한 평양에서 사고를 쳐도 단단히 칠 작정이었 다.

한 달에서 두 달이 지나면 아프리카 대륙의 운명을 걸고 싸 울 최치우는 도무지 쉴 줄을 몰랐다.

북한 땅을 밟으며 평양으로 달려가는 버스 안, 휴식을 취하 는 사람들과 달리 최치우는 끊임없이 시뮬레이션을 돌리고 있 었다.

3대 세습을 통해 북한의 지도자가 된 김정은.

그를 직접 만나 담판을 짓는 장면이 머릿속에서 반복됐다.

평양 특사단의 주인공은 대통령 비서실장도, 국정원장도 아니다.

오성그룹의 이지용에게 스포트라이트를 내줄 생각은 더더욱 없었다.

미안하지만 조영필과 에릭은 축하 무대를 장식하는 역할일 뿐이다.

'김정은과 유일하게 독대하는 사람, 그리고 남북 정상회담까지 이끌어내는 사람 모두 내가 될 것이다.'

최치우는 주문을 외우듯 자기 암시를 거듭했다.

평양에서도 최치우의 자신감이 통할지, 앞으로 3박 4일이면 알게 될 것 같았다.

*   *   *

특사단의 평양 방문은 갑작스레 결정된 것이었다.

사실 대한민국과 북한은 팽팽한 긴장 관계를 형성하고 있었다.

정제국 대통령이 취임하며 화해 무드가 조성되는 것 같았지만, 상황은 녹록지 않았다.

튼튼한 안보를 핵심 공약으로 내세웠던 정제국 대통령은 변함없는 한미연합훈련을 실시했다.

진보 대통령에게 기대를 걸었던 북한 정권은 격렬하게 반발했고, 오히려 유영조 전 대통령 때보다 사이가 나빠진 것처럼 보였다.

그런데 갑자기 북한에서 서신을 보냈고, 탄력을 받아 평양 특사단이 조성된 것이다.

평양에 도착한 최치우는 고려호텔에 짐을 풀면서 김정은의 속내를 짐작했다.

'핵과 ICBM 개발을 마지막 단계까지 끌고 왔지만, 이대로 가면 미국이 북한 정권을 무너뜨리려 나설 수도 있다. 결국 더 늦기 전에 핵을 팔아서 장사를 해야 하는데… 대한민국에 보증인 역할을 원하는군.'

북한의 젊은 지도자 김정은의 생각은 어렵지 않게 읽혔다.

최치우가 내린 결론은 북한 외교 전문가들의 분석과 크게 다르지 않았다.

만약 북한이 실제로 핵과 ICBM을 완성하면 미국이 가만있을 리 없다.

미국은 본토에 대한 핵 위협을 절대 용납하지 않는다.

바로 그 직전 단계가 레드 라인이다.

김정은 위원장은 레드 라인의 경계에서 아슬아슬하게 줄타기를 시작했다.

평양 특사단을 통해 교류의 물꼬를 트고, 이후 남북 정상회담을 성사시켜 대한민국 정부와 화해하는 모습을 연출할 것 같았다.

그렇게 되면 정제국 대통령이 직접 나서서 미국 정부를 설득해야 한다.

최종적으로 북한이 핵을 포기하고, 미국이 대북 제재를 거둬들이면 나쁠 게 없다.

지금쯤 대한민국 정부와 미국 정부는 북한의 시나리오를 검토하며 큰 그림을 맞추고 있을 것이다.

6인의 평양 특사단은 거대한 퍼즐의 첫 번째 조각인 셈이었다.

"갈 길이 멀지만, 일찍 투자할수록 잭팟은 더 크게 터지겠지."

북한과 미국의 협상까지 수많은 난관이 기다리고 있을 것이다.

핵 폐기를 합의하고, 미국과 UN의 대북 제재가 사라져야 북한 시장이 열린다.

북한 땅에 묻힌 자원을 개발하려는 최치우의 목표도 눈앞에 닥친 일은 아니다.

그러나 천 리 길도 한 걸음부터다.

아무도 북한의 가능성을 주목하지 않을 때, 미리 이름표를 붙여놓아서 손해 볼 게 없다.

최치우는 훗날 북한에서 강남 땅값이 수백, 수천 배 폭등한 것 이상의 대박이 터질 거라 확신했다.

어쩌면 북한 개발을 발판 삼아 부동의 재계 서열 1위 오성그룹을 추월할 수도 있다.

'평범하고 안전한 시장에서 성장하며 오성그룹을 넘는 건 어렵다. 하지만 아프리카나 북한처럼 위험한 땅이라면… 기회는

얼마든지 오게 마련이야.'

최치우는 거울 앞에서 넥타이를 만지며 미소를 지었다.

그는 오늘 저녁에 열릴 북한 예술단의 공연과 환영 만찬에는 큰 관심이 없었다.

메인 이벤트는 내일 오전부터 시작되는 대표단 공식 교류와 회담이다.

그때 누구도 예상하지 못한 사고를 쳐서 김정은과 독대를 이끌어야 한다.

그래야만 최치우가 남북 화해 무드와 경제 협력의 핵심 인물로 뿌리를 내릴 수 있다.

딩동—

그때 누군가 최치우의 호텔 방 초인종을 눌렀다.

움직일 시간이 된 것이다.

"누가 독재국가 아니랄까 봐, 시간 약속은 칼 같네."

북한 측 실무진은 정해진 시간에 딱 맞춰 특사단의 방으로 찾아왔다.

한국 같았으면 호텔 로비에서 모여 이동했겠지만, 이곳은 북한이다.

호텔 방 입구에서 로비까지 따로 걸어갈 자유도 주어지지 않았다.

말이 안내이지 사실상 감시 또는 통제나 다름없다.

그래도 로마에 왔으면 로마법을 따라야 한다.

최치우는 웃는 얼굴로 문을 열어줬다.

문 앞에는 긴장한 기색이 역력한 중년 남성이 정복을 입고
서 있었다.

 "최치우 동무, 예술단 공연과 환영 만찬에 나설 시간이라요."
 "준비는 끝났습니다. 가시죠."
 이제부터 평양에서의 일정이 시작된다.
 최치우는 역사의 현장에서 성큼성큼 발걸음을 내딛고 있었
다.

              *   *   *

 전야제(前夜祭)라고 할 수 있는 공연과 환영 만찬은 무사히
끝났다.

 김정은은 참석하지 않았지만, 북한 예술단 단장과 몇몇 고위
급 인사들이 자리해 격을 맞췄다.

 전반적으로 분위기는 화기애애했다.

 감시와 통제가 뒤따르고 있지만, 북한에서 대한민국의 특사
단을 극진하게 대접하려 노력하는 게 느껴졌다.

 갑자기 특사단의 방북이 성사된 만큼 북한도 대한민국 정부
에 바라는 게 분명히 있다.

 특사들, 특히 대통령 비서실장과 국정원장의 기분을 나쁘게
만들어 좋을 게 없었다.

 최치우는 날이 밝기만을 기다렸다.

 마침내 평양에도 새로운 아침의 태양이 떠올랐고, 본격적인

교류 행사와 회담 일정이 특사단을 맞이했다.

가장 먼저 6인의 특사단은 북한의 고위급을 만난다.

북한에서는 2인자로 알려진 김영철 부위원장을 비롯해 김정은의 여동생 김여정이 특사단과 마주 앉아 대화를 나눌 예정이었다.

그 밖에도 외무성과 예술단 단장 등 굵직한 인물들과 대면하는 자리다.

물론 실제 회담은 정부 대표단이 이끌기로 약속이 돼 있었다.

경제인 대표단과 문화인 대표단은 해당 분야 의제가 나올 때 거드는 역할이다.

물론 최치우는 약속대로 들러리 역할을 수행해 줄 의사가 전혀 없었다.

그는 사진 촬영과 방명록 작성을 마치고 긴 테이블에 앉았다.

사진 촬영을 함께하며 처음 본 김영철은 포스가 대단했다.

그는 단순히 북한의 2인자가 아니다.

경험과 연륜이 부족한 김정은을 보좌하며 실질적으로 북한을 움직이는 주역이다.

김정일의 딸이자 김정은의 여동생인 김여정이 유능한 왕족이라면, 김영철은 능력 하나로 총리대신의 자리를 지킨 독종이다.

그를 의식해서인지 대한민국 특사단의 대통령 비서실장과 국정원장도 여느 때보다 긴장한 눈치였다.

"모처럼 북남이 머리를 맞대고 모였으니… 허심탄회하게 이 야기들을 나눠보십시다."

김영철이 먼저 입을 열었다.

곧이어 대한민국 특사단을 대표하는 대통령 비서실장이 화 답했다.

"이렇게 남과 북의 정치, 경제, 문화인 대표가 한자리에 모였 으니 좋은 결실을 맺을 수 있을 것 같습니다. 한반도의 평화 정 착, 그리고 경제와 문화 교류까지 폭넓게 의논하는 자리가 되 었으면 합니다."

뒤이어 길고 지루한, 그러나 중요한 교류 행사가 이어졌다.

역시 회담은 정치적인 이야기로 물꼬가 트였다.

북한의 김영철은 한미연합훈련을 물고 늘어졌고, 대한민국의 국정원장은 충실한 논리를 내세워 방어했다.

그렇게 한차례 공방이 오가면 벌써 두 번의 평양 공연을 마 친 국민 가수 조영필이 딱딱한 공기를 풀어줬다.

석상처럼 굳은 인상의 김영철도 사석에서 조영필 노래를 흥 얼거릴 정도라고 한다.

김정은의 여동생 김여정은 한국을 대표하는 아이돌 에릭을 유심히 쳐다보고 있었다.

정부에서 문화인 대표단을 특사단에 포함시킨 이유가 증명 됐다.

조영필과 에릭은 존재 자체로 회담의 분위기를 풀어주는 윤

활유였다.

"우리 세종문화회관에서 북한 예술단이 공연을 하면 참 의미 있는 행사가 아닐까요? 어제 본 공연의 감동을 더 많은 국민들이 느꼈으면 합니다."

"그때는 제가 선생님과 같이 한 곡 불러도 되갔습니까?"

"영광이지요."

북한 예술단의 단장은 조영필을 꽤나 흠모하는 눈치였다.

어려서부터 조영필의 음악을 듣고 자랐다는 소문이 사실 같았다.

하지만 문화인들이 가까스로 분위기를 풀어도 금방 공기가 차가웠다.

"정상회담을 위해서는 당분간이라도 노동신문에서 우리 정부를 비방하지 말아야……."

"비방이 아니라 정당한 의견 제시 아닙네까?"

"어떤 경우에도 연합 훈련을 중단할 수는 없습니다. 그랬다간 국민과 언론이 들고 일어나 정권의 존립 자체가 위험해집니다. 연합 훈련은 어디까지나 방어적 성격의 훈련입니다."

"방어 훈련에 전투기가 그리 많이 필요합네까?"

국정원장과 북한 외무성이 티격태격 설전을 주고받았다.

첫술에 배부를 수는 없지만, 이대로 가면 아까운 시간만 흐를 것 같았다.

'때가 됐군.'

최치우는 기가 막힌 타이밍을 잡았다.

회담이 교착 상태에 빠졌을 때, 앞이 안 보이는 막다른 골목에서 해결사가 등장해야 한다.

일부러 말을 아끼고 있던 최치우가 살짝 고개를 숙였다.

테이블에 설치된 실내용 마이크 가까이 입을 가져간 최치우의 목소리가 울려 퍼졌다.

"잠시 한 말씀만 드리겠습니다."

모두의 시선이 최치우에게 집중됐다.

북한의 고위급 관계자들도 최치우의 명성은 익히 들어 알고 있었다.

특히 북한은 넘치는 자원을 제대로 개발할 수 없어 전전긍긍하는 형편이다.

대체에너지뿐 아니라 남아공의 광산 개발 등 굵직한 프로젝트로 세상을 놀라게 만든 올림푸스를 모를 리 없다.

특히 이 자리에 없는 북한의 지도자 김정은은 스포츠광으로 유명하다.

최치우가 올림픽에서 100m 달리기 세계신기록을 세우며 금메달을 따는 장면을 지켜봤을 것이다.

"편하게 말씀하시라우."

김영철이 최치우를 거들어줬다.

대한민국 최고의 기린아가 무슨 말을 꺼낼지 기대하는 모습이었다.

"실례합니다만, 저는 이런 탁상공론을 듣기 위해 시간을 내서 평양에 온 게 아닙니다."

최치우는 시작부터 모두의 머리를 땅하게 만들었다.

대통령 비서실장과 국정원장은 하얗게 질린 얼굴로 최치우를 돌아봤다.

이곳은 서울이 아닌 평양이다.

언제 무슨 일이 벌어져도 이상하지 않다.

외교의 상식 따위는 헌신짝처럼 내팽개칠 수 있는 나라가 바로 북한이기 때문이다.

하지만 최치우는 아랑곳하지 않았다.

잘못하면 북한 군인들에게 끌려가 고초를 당할지 모른다는 두려움 따위는 아예 없어 보였다.

"우리나라가 원하는 게 무엇이겠습니까? 평화입니다. 북한, 아니, 북조선 여러분이 원하는 건 무엇입니까? 경제협력이죠. 제 말이 틀렸습니까?"

"……."

장내가 조용해졌다.

김영철은 묵직한 눈빛으로 최치우를 주시하고 있었다.

덕분에 북한의 다른 고위급 관련자들은 감히 먼저 입을 열지 못했다.

김정은이 없는 곳에서는 김영철이 최고 책임자다.

그의 눈치를 볼 수밖에 없었다.

"부위원장님, 이건 우리 최 대표가……."

대통령 비서실장이 상황을 수습하려 김영철을 불렀다.

그러나 김영철이 손을 내저었다.

"일없소. 어디 더 들어보십시다."

김영철은 최치우가 말을 끝까지 하길 원했다.

어떻게 보면 적국(敵國)의 수괴이지만 배포가 있는 건 확실해 보였다.

최치우는 김영철에게 눈빛을 고정시켰다.

어차피 북한에서 나온 다른 사람들은 조연이다.

김여정도 영향력은 있겠지만, 김영철과 비교할 수는 없다.

"남북 정상회담, 그리고 북미 정상회담까지. 북한이 먼저 평화를 선택해야 우리가 경제협력을 선물로 줄 수 있습니다."

"여기서 누가 경제적 도움을 달라고 했습네까?"

못 먹고 못 살아도 북한의 자존심과 고집은 알아줘야 한다.

김영철은 경제협력이 필요 없다는 듯 배짱을 부렸다.

하지만 최치우는 김영철의 반응까지 계산하고 있었다.

"중국이나 미국, 또 이제까지 대한민국이 제시했던 경제 지원을 말하는 게 아닙니다. 대부분의 경제 지원은 일시적일 수밖에 없죠. 그러나 소울 스톤 발전소를 짓는다면! 그리고 올림푸스가 북한 전역의 자원을 개발한다면… 훨씬 장기적인 경제 발전이 가능하지 않겠습니까?"

최치우는 전가의 보도를 휘둘렀다.

전 세계 주요 국가들이 소울 스톤 발전소를 유치하기 위해 안달이 나 있다.

북한은 언감생심 꿈도 꾸지 않았을 것이다.

그런데 올림푸스의 CEO 최치우가 먼저 말을 꺼냈다.

이만하면 미끼라는 것을 알면서도 물 수밖에 없었다.

의자에 몸을 파묻고 있던 김영철이 상체를 앞으로 내밀며 물었다.

"최 동무, 우리 최고 지도자 동지 앞에서도 같은 약속을 할 수 있겠습네까?"

"약속은 주고받는 것입니다."

최치우의 대답은 사뭇 의미심장했다.

이미 대통령 비서실장과 국정원장은 들러리가 되고, 최치우가 협상의 중심 키를 잡았다.

오성그룹의 이지용 부회장은 묘한 표정으로 최치우를 쳐다보고 있었다.

"잠깐 실례 좀 하갔시다."

김영철은 벌떡 자리에서 일어나 회담장 바깥으로 나갔다.

아마 김정은에게 직접 보고를 하려는 것 같았다.

착 가라앉았던 평양의 공기가 뜨겁게 꿈틀거리고 있었다.

3장

위험한 거래

파격적인 사건의 연속이었다.

6인의 평양 특사단이라고 불리지만, 핵심은 정부에서 나온 대통령 비서실장과 국정원장이다.

물론 최치우와 이지용, 두 사람의 경제인 대표단이 지니는 상징성도 무시할 수 없다.

어떤 면에서는 정부 대표단보다 훨씬 영향력이 큰 사람들이다.

하지만 북한 고위급 당국자와의 회담에서 경제인 대표가 정부 대표를 허수아비로 만든 경우는 없었다.

경제인이 북한 문제에 나서봐야 손해만 보기 십상이다.

그런데 최치우는 과감하고 대담하게 분위기를 주도하며 김영철을 휘어잡았다.

평화가 정착되면 소울 스톤 발전소를 지어줄 수 있다는 말에 북한의 2인자 김영철은 상기된 표정을 숨기지 못했다.

곧장 자리를 비우고 밖으로 나간 것도 상급자에게 보고를 하기 위해서 같았다.

북한에서 김영철의 보고를 받는 상급자는 단 한 사람밖에 없다.

바로 3대 세습의 주인공인 김정은이다.

김영철은 김정은에게 직통 전화를 걸어 방금 벌어진 일을 설명할 것이다.

최근 김정은의 가장 큰 관심사는 경제 개발이다.

완성 단계에 이른 핵무기를 포기하는 조건으로 제재를 해제하고, 경제를 개발하고 싶어 안달이 나 있다.

그런 김정은에게 올림푸스의 투자와 소울 스톤 발전소 건립은 도저히 지나칠 수 없는 유혹이다.

자존심을 높이며 배짱을 부릴 대상이 아니었다.

'반드시 미끼를 물게 돼 있다.'

최치우는 여유만만했다.

그가 보여준 카드는 조커였다.

카드 게임에서 모든 경우의 수를 압살하는 치트키가 조커다.

상대가 종잡을 수 없는 김정은이라 해도 마찬가지다.

소울 스톤 발전소를 카드로 내밀면 미국 대통령도 1 : 1 미팅 일정을 잡을 것이다.

경제발전과 자원 개발이 시급한 북한은 말할 것도 없다.

승부수를 던진 최치우는 김영철이 돌아오기를 느긋하게 기다렸다.

그러나 가시방석에 앉은 사람들도 존재했다.

돌발 상황에 갈피를 잃은 북한 고위급 당국자들은 애써 침착한 얼굴을 지켰다.

하지만 최치우의 급부상으로 존재감을 잃은 정부 대표단 두 명의 안색은 좋지 않았다.

특히 대통령 비서실장은 불쾌함을 참지 못했다.

국정원장이 말리려 했지만, 고개를 돌려 최치우를 향해 핀잔을 쏟아냈다.

"최 대표님, 정부와 상의 없이 그런 말을 즉흥적으로 하면 어떻게 합니까?"

외부에 공개되지 않는 회담장이지만, 북한 당국자들이 함께 있는 자리다.

그럼에도 불구하고 대통령 비서실장이 최치우를 비판한 것이다.

안 그래도 어색하던 공기가 싸늘하게 가라앉았다.

특히 이런 분위기에 익숙하지 않은 문화인 대표단은 더욱 난감한 얼굴이었다.

그나마 연륜이 깊은 조영필은 괜찮다.

그러나 아직 어린 에릭은 좌불안석일 수밖에 없었다.

세계적인 인기 아이돌 가수라고 해도 차원이 다른 압박을 느낄 것이다.

수십만 명이 환호하는 무대와 달리 이 자리에선 누구도 에릭을 우대하지 않는다.

늘 에릭을 살뜰하게 챙겨주는 매니저도 회담장에 들어오지 못했다.

그래서인지 에릭은 안절부절 손가락을 가만두지 못하고 있었다.

"비서실장님, 본의 아니게 폐를 끼쳤다면 사과드리겠습니다."

그때 최치우의 목소리가 나지막하게 울렸다.

뜻밖의 갈등을 봉합하려는 것 같았다.

덕분에 에릭도 손가락을 그만 떨 수 있을 것처럼 보였다.

하지만 최치우의 말은 아직 끝나지 않았다.

"그런데 6인의 특사단 모두 각자의 분야를 대표해서 평양에 온 것 아닙니까? 저는 경제인 대표로서 주어진 역할을 다하겠습니다. 가급적 정부 대표단에게 폐를 끼치지 않으면서."

비서실장의 얼굴이 붉게 달아올랐다.

국정원장도 아까보다 더 불편한 기색을 보였다.

에릭은 다시 손가락을 떨며 얼어붙은 공기에 적응하지 못했다.

대신 이지용 부회장은 남들 몰래 뜻 모를 미소를 지었다.

그동안 경제인들은 매번 정치인들에게 이용을 당해왔다.

정권이 바뀔 때마다 줄을 서고, 각종 명목으로 세금이 아닌

준조세를 상납할 수밖에 없었다.

물론 기업도 잘못한 게 있고, 정치권력의 견제와 감시를 받아야 한다.

그러나 자기 힘으로 1원 한 장 벌어보지 못한 정치인들이 기업인에게 이래라저래라 갑질을 심하게 할 때가 잦다.

최치우는 한국 정부의 2인자인 대통령 비서실장을 꿀 먹은 벙어리로 만들었다.

대통령마저 두려워하지 않는 최치우의 기개는 평양에서도 변함이 없었다.

비서실장은 일인지하 만인지상의 권력을 가지고 있다.

게다가 국정원장의 실권도 어마어마하다.

그런 두 사람을 허수아비로 만들었으니 보복이 의식될 수밖에 없다.

하지만 최치우는 고개를 숙이지 않았다.

'모든 건 결과로 말하면 된다.'

비서실장에게 겁을 먹을 정도라면 올림푸스를 헛 키운 셈이다.

최치우는 말이 아닌 행동으로 자신을 증명해 왔다.

평양에서 던진 승부수로 납득할 수밖에 없는 결과를 건지면 게임 끝이다.

그는 대통령 비서실장이 여론에 밀려 감히 시비를 못 걸게 만들 자신이 있었다.

철컥―

그때 마침 닫혀 있던 문이 열렸다.

잠깐 자리를 비웠던 김영철이 다시 등장한 것이다.

1인자의 의사를 확인하고 돌아온 북한의 2인자가 최치우를 지목했다.

"경애하는 우리 최고 지도자 동지께서 최 동무를 만나겠다고 하시네."

놀라움이라는 감정이 장내를 휩쓸었다.

오직 최치우 혼자만 그럴 줄 알았다는 듯 담담하게 고개를 끄덕였다.

반면 비서실장과 국정원장은 당황해서 갈피를 못 잡는 얼굴이었다.

평양 특사단의 성패는 김정은을 만나는 것에 달려 있다.

김정은을 직접 만나 남북 정상회담을 타진하는 게 대통령 비서실장의 가장 큰 임무였다.

그러나 김정은이 워낙 변덕이 심한 스타일이라 특사단을 만날지 미지수였다.

그런데 최치우가 성벽 같은 북한 지도층의 경계심을 와르르 무너뜨린 것이다.

국가적 관점에서 최치우와 김정은의 독대는 잘된 일이다.

다만 특사단의 모든 공로가 최치우에게 돌아가게 됐으니 정부 대표단은 벌레 씹은 표정을 지을 수밖에 없었다.

"가시죠."

자리에서 일어난 최치우가 미소를 지었다.

김영철은 고개를 끄덕였다.

"다른 분들은 여기서 계속 회담을 하면 좋겠소. 북남의 교류를 위해 전력으로 힘을 써주시라오."

의례적인 인사말을 남긴 김영철이 최치우와 함께 회담장 밖으로 나갔다.

고위급 회담은 한순간에 빛 좋은 개살구로 전락했다.

진짜 게임은 최치우와 김정은, 두 사람 사이에서 열리게 될 것이다.

평양의 시계가 한 치 앞을 모르는 안갯속으로 빠르게 움직이고 있었다.

　

*　　　*　　　*

　

최치우는 회담장이 위치한 건물을 벗어나 차를 타고 이동했다.

덕분에 평양 시내의 낯선 광경을 생생하게 볼 수 있었다.

커다란 구형 벤츠의 뒷자리에 앉아 평양의 전경을 바라보고 있으니 모든 게 비현실적으로 느껴졌다.

'여기도 사람 사는 세상이지.'

평양은 북한에서 선택받은 계층만 거주할 수 있는 특수 구역이다.

그렇기에 평양의 모습만 보고 북한 주민들의 삶을 판단하면 안 된다.

그래도 한 가지만은 확실했다.

북한 사람들도 우리와 같은 모습, 같은 피를 지닌 사람이라는 게 피부로 와닿았다.

'이들 역시 경제발전을, 인권을, 그리고 보다 많은 자유를 원할 수밖에 없다.'

강력한 독재 정치에 억눌려 있지만, 자유를 원하는 것은 본능이다.

경제가 발전한 나라는 어김없이 민주화라는 과정을 거친다.

먹고살 만해지면 자유와 인권을 찾는 게 유구한 역사에서 공통적으로 증명된 인간의 본성이었다.

'북한의 자유를 위해서는 경제를 발전시키는 게 가장 빠른 방법일지도. 자본주의가 무엇인지 알게 되면 벗어날 수 없으니까.'

정치적으로 북한을 굴복시키는 것, 혹은 전쟁을 일으켜 독재 정권을 밀어내는 것만이 능사는 아니다.

경제 개발과 자본주의 문화 확산으로 북한을 내부에서부터 변화시키는 게 가장 안전한 방법일 수 있다.

맥도널드와 스타벅스의 맛을 알아버린 북한 주민들은 두 번 다시 공산주의로 돌아가지 못할 것이다.

올림푸스가 소울 스톤 발전소를 짓고, 북한 전역의 지하자원을 개발하기 시작하면 자연스레 자본주의 물결이 퍼질 것 같았다.

북한 당국이 아무리 막으려고 노력을 해도 돈이 돌고 도는 것은 완벽히 통제할 수 없다.

최치우는 북한과 김정은을 상대로 위험한 도박을 시작했다.

단순히 올림푸스가 북한이라는 미개척지를 개발해 돈을 버는 게 끝이 아니다.

개혁 개방의 물결로 3대 세습 독재 정권을 천천히 무너뜨리는 것.

거스를 수 없는 역사의 흐름을 앞당기는 발판이 되려는 것이다.

"최 동무, 내래 한 가지 당부를 해도 되갔습네까?"

구형 벤츠가 멈추자 김영철이 고개를 돌렸다.

나이로 따지면 김영철은 최치우의 작은할아버지 연배나 다름없다.

그럼에도 불구하고 한참 어린 최치우에게 나름 예우를 갖추고 있었다.

최치우가 얼마나 유명한 사람인지, 또 얼마나 막강한 재력과 영향력을 갖췄는지 알기 때문일 것이다.

"말씀하시죠."

"우리 최고 지도자 동지께서는 화통하신 성품을 지니셨다우. 좋은 것과 싫은 것이 확실하다는 뜻 아니갔어."

"저도 마찬가지입니다."

최치우가 미소를 지었다.

김영철의 당부는 간단했다.

김정은 앞에서 심기를 거스를 언행을 삼가라는 뜻이었다.

그러나 최치우는 피차 똑같은 입장이라는 말로 당부를 일축했다.

말 한마디로 총살을 시키고, 멀쩡한 사람을 아오지 탄광으로 보내는 북한 지도자를 만나는 데 조금도 위축되지 않은 모습이었다.

김영철도 최치우의 패기에 내심 혀를 내둘렀다.

그는 더 이상의 조언을 삼가고 먼저 차에서 내렸다.

최치우도 차에서 내려 김영철 옆에 나란히 섰다.

"여기는 어디입니까?"

"위대한 조선노동당 본관이라우."

김영철의 설명을 들은 최치우가 고개를 끄덕였다.

뉴스에서 보던 장소에 들어가기 직전이다.

조선노동당 본관에는 다름 아닌 김정은의 집무실이 들어서 있다.

최치우는 대한민국 국민 중 최초로 김정은을 직접 만나는 사람이 됐다.

처척— 척!

김영철을 알아본 병사들이 줄지어 거수경례를 올렸다.

바로 옆에서 함께 걷는 최치우도 사열을 받는 기분이 들었다.

'이제 실감이 나는군.'

북한 군인들의 경례 때문일까.

베일에 싸인 김정은을 만난다는 게 실감이 났다.

최치우는 긴장을 하는 대신 호승심을 느끼고 있었다.

승부와 거래라면 누구에게도 지지 않을 자신이 있다.

상대가 핵무기 하나로 전 세계와 끝장 승부를 벌이는 김정은이라 해도 다를 바 없다.

대한민국의 젊은 영웅과 북한의 젊은 독재자.

두 사람의 만남이 역사의 물줄기를 바꿔놓을 것 같았다.

＊   ＊   ＊

드디어 만났다.

최치우는 먼저 웃음을 터뜨리지 않기 위해 노력했다.

실제로 본 김정은의 모습은 화면보다 더 우스꽝스러웠다.

터질 것처럼 부풀어 오른 뚱뚱한 몸매에 촌스러운 작업복, 그리고 사다리꼴 모양의 독특한 헤어스타일은 이 세상 것이 아니었다.

할아버지 김일성을 벤치마킹한 이미지라는 사실을 알면서도 웃음이 나올 뻔했다.

게다가 김정은의 목소리도 생각보다 얇고 가늘어서 더 위험했다.

인사를 나누면서 웃음을 참지 못했다면 대번에 분위기가 싸늘해졌을 것이다.

다행히 위기를 넘긴 최치우는 김정은과 마주 앉아 숨을

골랐다.

어차피 신변잡기나 안부 따위는 서로 관심이 없다.

"김영철 부위원장 말로는 소울 스톤 발전소, 고것을 우리 공화국에 지을 수도 있다……. 고렇게 들었소."

"맞습니다. 올림푸스는 소울 스톤 발전소를 비롯해 북한의 자원을 개발하는 데 앞장서고 싶습니다."

"우리 자원이야 중국도, 러시아도 눈독을 들이고 있는 것 아니오?"

"전 세계가 원하는 소울 스톤 발전소가 북한에 들어선다면 그 효과는 엄청날 겁니다. 대신 올림푸스가 일정한 자원의 개발권을 가지면 좋겠습니다."

거래의 윤곽은 나왔다.

올림푸스와 북한이 서로 줄 수 있는 게 명확하기 때문이다.

문제는 절차다.

대북 제재가 풀리기 전에 독자적으로 투자를 진행할 수는 없다.

최치우는 말을 빙빙 돌리지 않았다.

김정은의 눈을 똑바로 쳐다보며 누구나 아는, 하지만 누구도 꺼내지 못하는 말을 했다.

"남북 정상회담을 하고, 그다음 순서로 미국과 정상회담까지 하는 겁니다. 그리고 핵을 포기하면 모든 게 간단해집니다."

"그래서 우리 공화국의 안전이 보장되갔소?"

"이대로 굶어 죽는 것보다는 뭐라도 해봐야 하지 않겠습니까? 지금은 승부를 걸 때입니다."

"뭐라고 했소?"

뿔테 안경 너머 김정은의 눈빛이 날카로워졌다.

최치우가 북한 사람이었다면 당장 총살 명령이 떨어졌을 것이다.

그러나 최치우는 자신이 뱉은 말을 거두지 않았다.

오히려 한층 더 강하게 나갔다.

"같이 승부를 겁시다. 적어도 북한에서 배고파 죽는 사람은 없도록, 전기가 모자라는 곳은 없도록 올림푸스가 나서겠습니다."

*　　　　　*　　　　　*

김정은은 마치 학생처럼 이것저것 가리지 않고 질문을 던졌다.

그는 평소 소울 스톤 발전소에 대해, 또 올림푸스의 개발 사업에 대해 궁금한 게 아주 많았던 모양이다.

최치우는 북한의 젊은 독재자가 결코 멍청한 인물이 아님을 깨달았다.

'하긴, 형을 밀어내고 30대 초반의 나이로 군부와 당을 장악했으니… 멍청할 리 없지.'

세상 사람들은 김정은을 광인(狂人)으로 평가한다.

하지만 그런 이미지는 철저하게 의도된 것이었다.

우스꽝스러운 헤어스타일과 일부러 찌운 살이 아닌, 그의 진짜 모습을 주시해야 한다.

"광명에서는 그 발전소 하나로 필요한 전기가 다 채워진다, 이 말이오?"

"광명, 라이프치히, 두 도시의 필요 전력을 채우고도 남습니다. 케냐에서도 마찬가지일 겁니다."

"그라믄 우리 공화국의 개성 공단을 돌리는 데 돌멩이 하나로 충분하단 말 아니갔어?"

"공단은 특수 지역이지만, 수치상으로는 충분히 가능합니다."

"이거 이거… 우리 민족에 이런 인물이 나오고 말이야. 남조선은 복도 많소."

김정은이 활짝 웃으며 최치우를 치켜세웠다.

일촉즉발의 긴장감 넘치는 순간이 지나자 분위기는 놀랍도록 부드러워졌다.

최치우는 김정은의 협상 스타일을 간파했다.

'공포 분위기를 조성하고 간을 보는군. 상대가 강하게 나오면 부드럽게, 반대로 겁을 먹으면 더 세게 밀어붙이는 수법인데… 제법이지만 나한테는 안 통해.'

강자에게 약하고, 약자에게 강하게 들이대는 스타일은 의외로 잘 먹힌다.

특히 북한처럼 모든 게 베일에 싸인 국가 지도자가 강약약강으로 나오면 상대는 당황할 수밖에 없다.

그러나 최치우는 김정은보다 몇 수는 앞서 있었다.

다양한 차원에서 환생하며 만났던 독재 군주와 광인들이 한 트럭이다.

김정은이 아무리 영민한 독재자라고 해도 최치우의 계산 범위를 벗어나진 못한다.

최치우는 담담한 표정으로 그의 심리를 읽어내고 있었다.

'소울 스톤 발전소를 동력으로 제2의 개성 공단을 짓고 싶다는 건데… 그러기 위해서는 좀 더 자세를 낮춰야지.'

파악을 마친 최치우가 입을 열었다.

"지금은 가동이 중단됐지만, 개성 공단은 남북 경제협력의 좋은 모델입니다. 만약 제2의 개성 공단, 제3의 개성 공단이 들어서면 경제 개발에 엄청난 효과를 끼칠 것 같습니다."

"내 말이 바로 그 말이 아니갔어! 공단을 여럿 지어서 남조선이나 다른 나라에서 투자를 하고, 우리 노동자들은 땀 흘려 일하면 얼마나 좋갔냐는 말이오."

"첫걸음부터 시작하시는 게 어떻습니까."

"첫걸음이라면……."

"남북 정상회담입니다."

최치우는 다시 한번 평화로 가는 절차를 강조했다.

사실 그의 대화 스킬은 감탄을 자아내는 것이었다.

먼저 김정은이 원하는 경제 개발 모델을 언급하며 가려운 곳을 긁었다.

그렇게 먹음직스러운 당근을 제시한 다음 곧바로 채찍을 들었다.

평양에서 김정은을 상대로 이만큼 대담하게 협상을 시도한 사람은 이제껏 아무도 없었다.

최치우는 소울 스톤이라는 당근을 독점하고 있다.

조커 카드를 들고 포커를 치는 셈이다.

게다가 무력(武力)의 압박으로부터 자유롭다.

평범한 사람들은 김정은을 도발하기 어렵다.

최악의 경우 북한의 수용소에 갇히는 그림을 상상할 수밖에 없기 때문이다.

정상 국가에서는 벌어질 가능성이 낮은 일이지만, 북한에서는 무슨 일이 터져도 이상하지 않다.

하지만 최치우는 수용소 따위를 겁내지 않았다.

마음만 먹으면 무공이나 마법으로 김정은의 목을 따버리고 유유히 탈출할 수도 있다.

세상을 굽어 내려다볼 수 있는 압도적인 무력이 최치우를 당당하게 만드는 마지막 한 수였다.

그렇기에 최치우는 날고 기는 협상가들도 발끝 아래 둘 수 있는 것이다.

하긴 누구도 갖지 못한 무기를 장착하고 있는데 협상에서 밀리는 게 더 이상한 일인지도 모른다.

"수뇌회담을 열어도… 그 돌멩이, 소울 스톤으로 발전소를 짓고 공단을 건설하려면 넘어야 할 산이 너무 많지 않겠소."

"천 리 길도 한 걸음부터라고 했습니다. 남북에 이어 북미 회담의 성공까지, 올림푸스가 움직일 겁니다."

"제재가 해제되믄 발전소로 딴소리할 것은 아니갔지?"

"발전소와 자원 개발권을 바꾸는 정당한 거래를 원할 뿐입니다."

"거래라, 거래. 거 좋구만. 내 친서를 한 장 써주갔어."

뜻밖의 말이 나왔다.

김정은의 친서(親書)는 생각보다 큰 파급력을 가지고 있다.

만약 최치우가 친서를 들고 귀환하면 정제국 대통령이 직접 맞이할 수밖에 없다.

남북 정상회담도 속도를 내게 될 것이다.

"빠른 시일 안에 다시 만나게 될 것 같습니다."

"빨리빨리 봐야지. 그래야 전기를 만드는 돌로 발전소를 세우고, 또 공단도 짓지 말이오."

김정은이 활짝 웃으며 대답했다.

그는 바깥에서 대기하고 있던 노동당 간부를 불러 친서를 준비시켰다.

북한의 새 지도자가 대한민국에 보내는 첫 번째 친서다.

평양 특사단에서 다름 아닌 최치우가 그 친서를 받아낸 주역이 됐다.

최치우는 평양에서 폭풍의 씨앗을 얻어냈다.

올림푸스는 아프리카를 비롯한 세계에 시선을 두고 있지만, 한반도의 운명까지 주관하는 플레이어로 우뚝 섰다.

세상을 밝힐 새롭고 분명한 빛줄기가 한반도에서 새어 나오고 있었다.

*　　　　　*　　　　　*

　6인의 평양 특사단은 일정을 모두 마치고 대한민국으로 돌아왔다.

　판문점 남측에 도착한 특사단은 수많은 취재진 앞에서 방북 성과를 설명했다.

　특사단을 대표해 대통령 비서실장이 마이크를 잡았다.

　하지만 주인공은 최치우가 될 수밖에 없었다.

　"경제인 대표단의 최치우 특사가 북한의 김정은 위원장과 독대를 하였고……."

　아무도 예상하지 못한 말이었다.

　비서실장의 깜짝 발표에 기자단이 술렁거리기 시작했다.

　생중계로 기자회견을 지켜보는 국민들도 각자의 자리에서 놀랐다.

　그러나 더 놀라운 소식은 따로 있었다.

　"흠흠, 이에 김정은 위원장은 우리 대통령께 친서를 보냈다고 합니다. 친서는 최치우 특사가 직접 청와대에 방문해 대통령께 전달할 예정입니다."

　친서의 내용은 밝혀지지 않았다.

　정제국 대통령이 먼저 확인하고 공식적으로 알리는 게 순서다.

하지만 김정은 위원장이 정제국 대통령에게 친서를 보냈다는 것 자체가 파격적인 뉴스였다.

불과 몇 달 전까지 서로를 잡아먹을 듯 으르렁거리던 남북이 화해 무드로 접어든 게 실감이 났다.

최치우는 마이크를 잡은 비서실장 뒤편에서 가만히 서 있었다.

그러나 기자들의 카메라는 대통령 비서실장을 지나쳐 최치우를 담기 바빴다.

이 순간만큼은 오성그룹의 후계자인 이지용 부회장도 뒷전이었다.

국내 언론뿐 아니라 외신의 스포트라이트도 최치우를 향했다.

사실 말이 되지 않는 일이다.

평양 특사단에 크게 기대를 건 언론은 많지 않았다.

특사단의 방북을 요식 행위라고 비판한 사람들이 오히려 더 많았다.

그런데 정부 대표단도 아닌 경제인 대표단의 최치우가 김정은 위원장과 독대를 했다.

대체 무슨 수로 은둔의 독재자와 1 : 1 미팅을 했는지 궁금할 수밖에 없다.

게다가 대한민국 대통령에게 보내는 친서까지 받아 왔다.

친서의 내용을 떠나 이미 기대 이상의 엄청난 성과를 거둔 셈이다.

최치우를 바라보는 세상의 시선이 또 한 번 달라질 수밖에 없었다.

어린 나이에 올림푸스를 창업해 성공 신화를 쓰는 기업인, 그리고 올림픽에서 세계신기록을 세우며 동양인의 한계를 극복한 스포츠인.

이 두 가지만으로도 최치우는 역사에 다시 없을 기념비적 인물로 추앙받기 충분하다.

하지만 최치우의 업적은 끝을 모르고 커져갔다.

친서의 내용이 긍정적일 경우 남북 정상회담 개최도 가능해진다.

무려 남북 정상회담이다.

역사상 단 두 번밖에 없었던 남북 정상회담을 최치우의 손으로 개최시키는 것이나 마찬가지다.

국민들의 기대와 열망이 얼마나 클지 짐작조차 하기 힘들었다.

"최 대표님, 한 말씀만 해주십시오."

"대표님께 질문을 드리고 싶습니다!"

대통령 비서실장의 발표가 끝나자 취재진이 앞다퉈 목소리를 높였다.

다들 김정은과 독대를 한 최치우에게 뭐라도 듣고 싶어 했다.

그러나 최치우는 말을 아꼈다.

몇 마디 해주는 게 어려운 일은 아니다.

기자들 앞에서 폼을 잡고, 김정은과 만난 느낌을 이야기하면 일약 스타가 될 것이다.

'주목은 넘치도록 받았고, 이제 유리구슬처럼 조심스럽게 다뤄야지.'

최치우는 성숙했다.

현대에서의 나이는 26살이지만, 그의 경험은 수백 년에 이른다.

말이 앞서면 오해가 생길 수밖에 없다.

남북 정상회담, 이후 북미 정상회담은 아주 조심스러운 의제다.

한번 오해가 생기면 바로바로 풀기도 어렵다.

그렇기에 말을 아끼고, 일을 성사시키는 데 집중하는 게 올바른 태도다.

최치우는 기자들의 부름을 뒤로하고 특사단과 함께 이동했다.

정제국 대통령이 청와대에서 평양 특사단을 환대할 예정이다.

물론 진짜 목적은 최치우로부터 김정은의 친서를 전달받는 것이었다.

'청와대로 간다, 지금.'

최치우는 오랜만에 정제국 대통령과 만날 생각에 미소를 지었다.

그의 손끝에서 역사가 춤추고 있었다.

대통령의 환영 만찬은 화려하지는 않지만 정성스럽게 준비
돼 있었다.

정제국 대통령은 6인의 특사단 한 명, 한 명에게 친필로 쓴
축전을 전달했다.

2시간에 걸친 만찬과 환영 행사가 끝났다.

이지용 부회장과 조영필, 에릭은 먼저 청와대에서 빠져나왔
다.

정부 대표단인 비서실장과 국정원장은 청와대에 남았다.

아마 오늘 늦게까지 방북 회담의 성과를 보고할 것이다.

또 한 사람, 최치우도 청와대 경내에서 벗어나지 않았다.

정제국 대통령, 아니, 온 국민들의 최대 관심사를 최치우만
알고 있기 때문이다.

최치우는 대통령 집무실에서 배석자 없이 정제국이 손수 따
라주는 찻잔을 받았다.

며칠 사이에 북한과 대한민국의 지도자를 차례대로 만나게
됐다.

이제 김정은과 정제국의 관계는 최치우에게 달려 있다.

"비서실장님에게 대략적인 이야기는 들었습니다. 소울 스톤
발전소를 북한에 짓겠다는 말씀을 하셨다고요?"

정제국은 곧바로 본론을 꺼냈다.

최치우는 망설임 없이 고개를 끄덕였다.

"평화라는 전제 조건이 필요하지만, 올림푸스에서는 북한에 소울 스톤을 투자할 계획을 검토하고 있습니다."

"정부와 상의를 했다면 더 좋았을 것입니다."

"그랬다면 절차가 복잡해졌겠죠. 지금처럼 김정은 위원장과 독대를 할 확률도 낮았을 겁니다."

최치우는 물러서지 않았다.

대통령이 아쉬움을 토로했지만 한마디도 받아주지 않은 것이다.

그럼에도 불구하고 정제국은 불쾌한 기색을 보이지 않았다.

정제국을 청와대의 주인으로 만들어준 일등 공신이 최치우였다.

최치우가 유력 후보였던 유경민을 몰락시키지 않았다면 대선은 훨씬 어려웠을 것이다.

정제국은 그 은혜를 잊지 않았고, 대선 후보를 쥐락펴락 다룰 수 있는 최치우의 무서움을 인지하고 있었다.

대통령 신분으로 국세청과 검찰을 동원해 올림푸스를 공격할 수도 없다.

최치우를 바라보는 국민 여론이 워낙 우호적이기 때문이다.

어설프게 권위를 행사했다간 거꾸로 잡아먹힐 가능성이 크다.

그렇기에 대통령이 됐어도 여전히 최치우를 어려워하는 것이다.

"친서는 보셨습니까?"

"남북 정상회담을 추진하자는 내용이었습니다."

정제국은 이미 친서를 확인했다.

최치우는 찻잔을 내려놓고 정제국을 똑바로 쳐다봤다.

"남북 정상회담, 그리고 북미 정상회담으로 평화협정을 맺으면 대통령님의 업적은 영원히 기억될 겁니다. 올림푸스가 함께 드라이브를 걸겠습니다."

"그로 인해 최 대표님이 얻는 것은……."

"북한이라는 시장을 선점하는 거죠. 넘치는 자원과 무궁무진한 가능성. 우리 한국과 미국, 그리고 중국이 투자하면 북한은 순식간에 중요한 시장이 될 겁니다."

최치우는 세계에서 손꼽히는 승부사답게 말했다.

하지만 이게 전부가 아니었다.

"그리고 또 하나, 대통령님께서 남북 정상회담의 주인공이 되십시오. 저는 철저히 뒤로 숨겠습니다. 대신!

"대신?"

"겨울이 오기 전, 아프리카에서 전쟁이 시작될 겁니다. 그때 대한민국 정부의 도움이 필요합니다."

북한과 아프리카.

최치우는 전혀 연결고리가 없는 두 곳을 묶었다.

정제국 대통령에게 남북 정상회담이라는 선물을 준 대신 아프리카에서 값을 받으려는 것이다.

갑작스러운 이야기에 정제국 대통령이 의아한 표정을 지었다.

최치우는 의미심장한 미소를 지으며 설명을 시작했다.

지구를 아우르는 최치우의 원대한 계획이 수면 위로 떠오르고 있었다.

4장

전쟁과 평화

　가장 정의로운 전쟁보다 가장 비겁한 평화가 낫다는 말이
있다.

　틀린 말은 아니다.

　어쩌면 대한민국과 북한의 상황이 이와 비슷할지 모른다.

　대량살상무기를 갖춘 현대 국가끼리 전쟁을 시작하면 양측
모두 엄청난 피해를 입을 수밖에 없다.

　더군다나 핵이 있으면 상상하기도 끔찍한 결과가 주어질 것
이다.

　핵무기 앞에서는 승자와 패자를 나누는 게 무의미하다.

　일단 북한의 김정은이 핵 발사 버튼을 누르면 무엇으로도
돌이킬 수 없다.

당연히 전쟁에서는 한미 연합군이 승리할 터, 그러나 잿더미가 된 서울을 무슨 수로 복구한단 말인가.

한반도에서 전쟁이 벌어지면 속으로 가장 기뻐할 국가는 인접한 중국과 일본이다.

실제로 패전국 일본은 한국전쟁 덕분에 경기를 회복해 선진국 대열에 들어섰고, 대한민국도 베트남전쟁 덕을 톡톡히 봤다.

네오메이슨이 아프리카 대륙에서 전쟁을 일으키려는 것도 막대한 반사이익을 누리기 위해서다.

최치우는 수단과 방법을 가리지 않고 한반도의 전쟁을 막아야 한다고 생각했다.

최악의 경우, 혼자 평양에 잠입해 김정은을 사살하고 쿠데타를 일으키는 것도 고려할 정도였다.

그러나 일단 남북 정상회담을 성사시켰고, 김정은과 협상의 여지가 있음을 확인했다.

김정은 위원장은 소울 스톤 발전소에 지대한 관심을 보였다.

아직 섣부른 예측이지만, 중국이나 싱가포르식 모델로 방향을 바꾸지 않으면 북한은 지도에서 사라질 거란 사실을 인지하고 있는 듯했다.

"아프리카는 상황이 다르지."

최치우는 대형화면에 띄운 아프리카 지도를 보며 혼잣말을 읊조렸다.

한반도와 아프리카는 동일 선상에서 비교할 수 없다.

단순히 대한민국이 최치우의 조국이기 때문은 아니다.

한국전쟁이 발발하면 핵전쟁으로 치달을 수밖에 없고, 미국과 중국도 자동으로 개입하게 된다.

반면 최치우가 아프리카에서 일으키려는 전쟁은 더 큰 혼란을 막기 위한 것이다.

엄밀히 말하면 전쟁도 아니다.

진짜 전쟁, 진짜 혼란을 초래하려는 네오메이슨의 거점을 타격하는 것뿐이다.

탁— 탁— 탁—!

최치우가 자리에서 일어나 대형화면을 손으로 짚었다.

그의 손길을 받은 자리에는 새로운 반군이 무럭무럭 자라고 있었다.

네오메이슨의 지원을 받아 수면 아래에서 덩치를 키운 반군들의 거점이다.

최치우는 신규 반군의 거점을 파악하기 위해 수백억 원의 돈을 아낌없이 지출했다.

어나니머스를 비롯해 세계 최고의 정보 집단에게 거액의 선금과 상여금을 투자한 건 기본이다.

영국 최고, 아니, 유럽 최고인 MI6에게도 거액의 예산을 우회 지원하며 정보를 의뢰했다.

MI6는 영국 정부와 왕실을 위해 존재하는 정보기관이지만, 때로는 외부의 의뢰도 받아들인다.

물론 아무나 돈만 많이 준다고 MI6와 거래를 시작할 수는 없다.

최치우는 라이프치히 테러 사건을 해결하며 MI6와 신뢰를 쌓았다.

게다가 얼굴이 명함일 만큼 국제적인 명성을 지녔고, 수십조의 개인 자산을 보유한 거물이다.

그런 최치우가 직접 부탁했기 때문에 MI6도 기꺼이 의뢰를 받아들인 것이다.

사실 정제국 대통령이 나서도 MI6를 움직일 수는 없다.

국제사회에서 최치우의 영향력은 이미 대한민국 대통령을 넘어서고도 남았다.

"D—Day는……."

지도를 살펴본 최치우가 달력으로 눈을 돌렸다.

10월 10일.

완전한 숫자 10이 겹치는 날, UN 평화유지군과 헤라클레스가 아프리카 각지의 반군 거점을 덮칠 것이다.

"더블텐."

UN과 올림푸스 최고 수뇌부들은 더블텐 작전이라는 프로젝트 이름을 정했다.

더블텐까지 채 두 달도 남지 않았다.

그사이 남북 정상회담이 열리고, 케냐에 건립할 세 번째 소울 스톤 발전소 부지도 결정해야 한다.

최치우는 누구보다 바쁘게 시간을 쪼개어 쓰며 전 세계의 역사를 주관하고 있었다.

다가오는 10월 10일은 최치우에게도, 인류 역사에서도 하나의 분수령이 될 것 같았다.

*　　　　　*　　　　　*

김정일이 죽고, 김정은이 북한의 지도자가 된 후 최초의 남북 정상회담이 성사됐다.

판문점 남측에서 열린 정상회담을 취재하기 위해 2,000명이 넘는 기자단이 모여들었다.

한국 기자 1,000명, 외국 기자 1,000명.

엄청난 규모의 취재진을 맞이하기 위해 청와대 홍보수석실은 2주 내내 밤을 새며 굵은 땀방울을 흘렸다.

9월이 됐지만 날씨는 여전히 찌는 듯이 더웠다.

그리고 마침내 판문점 북측에서 모습을 드러낸 김정은이 국경선을 넘었다.

"와아아ー!"

짝짝짝짝짝!

기자실은 물론, 생중계로 화면을 지켜보는 수많은 국민들이 박수를 쳤다.

국민들이 북한의 독재자 김정은 위원장을 좋아하기 때문은 결코 아니다.

전쟁과 핵의 위협에서 벗어나 평화의 시대를 열 수 있는 실마리가 보였기 때문이다.

정제국 대통령은 비핵화라는 최종 목표를 위해 김정은과 줄다리기를 시작했다.

물론 최종 담판은 북미 정상회담에서 이뤄질 것이다.

하지만 대한민국 정부의 외교력에 따라 북미 회담 성사가 결정된다.

최치우가 남북 정상회담을 이끌어낸 것처럼, 이제는 정제국 대통령이 북미 정상회담을 성사시켜야 하는 것이다.

첫 번째 단독 회담, 오찬과 산책, 두 번째 확대 회담, 그리고 저녁 만찬으로 진행된 남북 정상회담은 무사히 마무리되었다.

정제국 대통령과 김정은 위원장은 공동으로 성명을 발표하며 한반도 비핵화라는 목표를 명시했다.

북한 최고 지도자가 처음으로 비핵화를 입에 올리고 약속한 것이다.

물론 북한의 약속을 무조건 믿을 수는 없다.

이제껏 수도 없이 속아왔기 때문이다.

그러나 김정은의 선언은 한반도에 주어진 마지막 기회일지도 모른다.

만약 이 기회를 놓치면 미국은 북한의 핵 기술이 완성되기 전에 공격을 감행할 것이다.

최악의 경우 한반도에서 핵전쟁이 벌어질 수도 있다.

'정제국 대통령이 유능하다는 건 내가 잘 아니까, 북미 정상회담까진 무난하게 연결하겠지. 문제는 그다음이지만… 직접 만나본 김정은도 마냥 미치광이는 아니었어. 이번에 협상하지

못하면 미래가 없다는 걸 알고 있을 테니.'

최치우는 여의도 펜트하우스에서 TV를 통해 두 정상이 선언문을 낭독하는 광경을 지켜봤다.

역사적인 장면이지만 담담했다.

바로 자신이 직접 저 장면을 연출한 것이나 다름없기 때문이다.

여러 언론도 남북 정상회담의 주역으로 최치우를 꼽았다.

평양 특사단으로 방북해 김정은과 독대를 한 최치우가 결정적인 카드를 내밀었고, 그로 인해 김정은이 결단을 내렸다는 분석이 널리 퍼졌다.

올림푸스 홍보팀에도 진위 여부를 묻는 문의가 끊이지 않았다.

사실 기자들의 추측이 대부분 맞는 말이기에 확인하고 말 것도 없었다.

그러나 최치우는 홍보팀에게 무응답으로 일관하라는 지시를 내렸다.

눈 가리고 아웅하는 셈이지만, 남북 정상회담의 공로를 정제국 대통령에게 돌린다고 약속했기 때문이다.

어차피 올림푸스가 나서서 자화자찬하지 않아도 세상은 최치우의 공을 인정하고 있다.

원래 빈 깡통이 요란한 법이다.

낭중지추(囊中之錐)라는 말이 괜히 있는 게 아니었다.

최치우는 더 이상 본인을 높이는 말을 꺼낼 이유가 없었다.

가만히 있으면 세상이 알아서 그의 움직임을 해석하고, 언제나 최상의 찬사를 보내준다.

고작 26살의 나이에 초월적인 인물로 여겨지는 것이다.

"평화에 취해 있을 때가 아니다."

정작 당사자인 최치우는 스스로 만든 역사적인 회담에 연연하지 않았다.

남북, 그리고 북미의 평화는 길게 보고 큰 그림을 그려야 한다.

가능하면 2년 안에 소울 스톤 발전소를 짓고, 북한 전역의 천연자원을 개발하고 싶었다.

하지만 조바심을 내고 서두른다고 해결될 일이 아니다.

평양에 다녀오고 한 달도 안 되어서 남북 정상회담이 이뤄진 것도 엄청나게 빠른 속도다.

당분간 김정은을 다루는 트랙은 정제국 대통령에게 맡겨두면 될 것 같았다.

최치우는 평화 대신 전쟁이라는 악역으로 눈을 돌릴 차례였다.

"한 달 남았군."

그의 목소리가 저승사자처럼 낮고 묵직하게 울렸다.

전쟁과 평화, 평화와 전쟁.

동전의 양면 같은 역사의 중심에서 최치우가 움직이고 있었다.

　　　　　*　　　　　　*　　　　　　*

　우우웅― 우우우웅―

　깊은 밤, 모두가 잠들었을 시간인데 최치우의 폰이 요란하게
울렸다.

　눈을 뜬 최치우는 인상을 찌푸리며 팔을 뻗었다.

　아무리 운기조식으로 피로를 잊는다지만, 그에게도 충분한
수면은 꼭 필요한 것이었다.

　단잠을 방해받는 것보다 불쾌한 일은 또 없다.

　하지만 폰에 떠오른 이름을 확인한 순간 잠이 싹 달아났다.

　남아공 본부장 이시환의 전화였기 때문이다.

　이시환은 한국 시간을 누구보다 정확하게 알고 있다.

　중요한 컨퍼런스 콜을 걸 때도 항상 한국 시간을 배려한다.

　그런 이시환이 야심한 새벽에 남아공에서 전화를 걸었다는
것은 보통 일이 아니라는 뜻이다.

　"형, 무슨 일 터졌어?"

　최치우는 통화 버튼을 누르고 다소 신경질적으로 질문을 던
졌다.

　―치우야… 아니, 대표님.

　전화기 너머 이시환이 호칭을 정정했다.

　둘도 없는 대학 선후배 사이가 아닌 공적인 업무로 전화를
걸었기 때문이다.

　"뭔데 그래. 말해봐."

―바로 보고해야 할 상황이 있어서 전화를 드렸습니다. 연합체를 형성한 신규 반군들이 기존의 게릴라 반군들과 접촉하고 있다는 제보가 들어왔습니다.

"이것들이 판을 키우는군."

최치우가 침대에서 몸을 완전히 일으켰다.

도저히 누워서 받을 보고가 아니었다.

네오메이슨의 지원을 받는 신규 반군은 모두 6개.

이들은 이례적으로 연합을 형성해 동시다발적 내전을 일으킬 준비를 하고 있다.

그런데 기존의 게릴라 반군에게도 손을 뻗친 것이다.

잘못하면 10개 이상의 반군이 같은 날, 같은 시각 발호할지 모른다.

10월 10일을 D―Day로 잡은 최치우는 촉각이 곤두서는 느낌이었다.

"더블텐을 기다리고 있을 수만은 없겠는데. 이상 징후의 정도는 어느 정도지?"

―다행히 우리가 선제공격을 준비하는 걸 알아차린 것 같지는 않습니다. 레이더에 잡힌 반군들의 거점에는 변동이 없지만, 대신 멀리 떨어진 반군들끼리 사람을 보내며 연락을 주고받는 횟수가 부쩍 늘어났습니다.

최치우는 대번에 감을 잡았다.

만약 올림푸스의 의도를 눈치챘다면 신규 반군들은 거점을 옮겼을 것이다.

그러지 않고 반군들끼리 접촉이 늘어났다는 것은 두 가지를 의미한다.

첫째, 네오메이슨이 직접 키운 6개의 반군 연합을 포함해 다른 세력도 지원하기로 마음먹었다는 것이다.

그만큼 압도적인 물량 공세로 아프리카 대륙 전체를 난장판으로 만들려는 게 분명했다.

그리고 둘째는 네오메이슨의 때가 임박했다는 뜻이다.

반군들이 적극적으로 움직이는 것을 보면 네오메이슨의 음모가 수면 위로 드러날 날이 머지않은 것 같았다.

"무조건 우리가 먼저 움직여야 해."

최치우의 목소리에는 단호함과 함께 절박함까지 담겨 있었다.

만에 하나 네오메이슨과 반군들이 먼저 칼을 뽑으면 사태는 걷잡을 수 없이 커진다.

그때 가서 헤라클레스와 UN이 나서봤자다.

아프리카 대륙 전체가 혼란에 빠지고, 내전을 빌미로 미군이 개입하면 모든 게 어그러질 수 있다.

네오메이슨이 준비를 마치기 직전, 기습적으로 일망타진하는 것만이 피해를 최소화하는 유일한 방법이다.

"일정 정리해서 이틀 안에 남아공으로 갈게. 리키한테도 말해두고, 준비해 줘."

―그럼 더블텐의 D―Day는……?

"앞당겨야지. 날짜는 미정, UN이랑은 내가 직접 협의할 테니

걱정하지 마."

최치우의 입에서 D—Day를 당긴다는 말이 나왔다.

10월 10일까지 손 놓고 기다릴 상황이 아닌 것 같았다.

하루라도 빨리 칼을 뽑아 검은 대륙을 노리는 음모의 싹을 잘라 버리고 싶었다.

이시환은 사태의 엄중함을 깨닫고 목소리를 낮췄다.

—차질 없게 준비하겠습니다, 대표님.

"곧 봅시다, 이시환 본부장."

전화를 끊은 최치우가 길게 한숨을 내쉬었다.

현대에 환생해서 가장 많은 피를 보게 될 순간이 코앞으로 다가왔다.

영혼에 각인된 전투 본능이 꿈틀거리는 동시에 마음이 무거웠다.

"죽이기 위한 전쟁이 아니고, 한 사람이라도 더 살리기 위한 전쟁이다."

최치우는 자기 자신을 다독이며 눈을 빛냈다.

지금은 흔들릴 때가 아니다.

전장의 사신, 멸망의 인도자 치우의 진가가 아프리카에서 발휘될 것 같았다.

*   *   *

올림푸스의 전용기가 남아공에 도착했다.

최치우는 숨 가쁜 일정을 소화하고 있었다.

독일 라이프치히에서 소울 스톤 발전소 준공식에 참석하고, 평양과 서울에서 남북의 지도자를 만났다.

최근 두 달 사이 최치우가 독대한 사람들의 면면은 화려하기 그지없다.

UN의 알렉산드로 사무총장, 독일의 메르켈 총리, 북한의 김정은 위원장, 그리고 대한민국의 정제국 대통령까지.

한 사람, 한 사람이 지각변동을 일으킬 수 있는 글로벌 리더다.

그러나 26살에 불과한 최치우가 모두를 아우르며 연결고리를 만들어냈다.

아프리카와 뉴욕, 독일과 평양, 서울을 그야말로 동에 번쩍 서에 번쩍 오가며 퍼즐을 맞췄다.

덕분에 네오메이슨보다 한발 앞서 전쟁을 일으킬 준비는 착착 진행되고 있었다.

천 명 가까이 덩치를 키운 헤라클레스는 언제든 출동할 태세였다.

케냐와 남아공에 절반씩 상주하고 있는 병력은 최치우의 명령이 떨어지기만을 기다렸다.

다들 실전에서 잔뼈가 굵은 베테랑 용병이다.

특히 엄청난 고액의 실전 수당을 원하는 현실적인 문제도 걸려 있다.

헤라클레스 대원들에게 생사가 오가는 실전은 공포의 대상이 아니었다.

두둑한 수당을 챙기고, 무시 못 할 커리어를 쌓을 수 있는 기회인 것이다.

헤라클레스를 이끄는 리키부터 정상과는 거리가 먼 사람이다.

그의 영향을 받는 대원들도 당연히 정상일 리 없었다.

헤라클레스의 광적인 전투력에는 못 미치지만, UN 평화유지군도 착실히 규모를 불렸다.

알렉산드로 총장은 직권을 최대한 활용해 전투 병력을 대폭 늘렸다.

나중에 안보리 상임 이사국의 질타를 받겠지만, 눈앞의 승부에 올인한 것이다.

정치적인 문제는 독일의 메르켈 총리가 방패막이 돼주기로 했다.

결과가 좋으면 상임 이사국도 알렉산드로 총장을 어쩌지 못할 가능성이 높다.

곧 벌어질 전쟁에 UN 사무총장의 운명도 함께 달린 셈이다.

"한국군의 협조는 어때?"

전용기에서 내린 최치우는 마중을 나온 이시환에게 질문을 던졌다.

난데없이 한국군의 동향을 물은 것이다.

하지만 이시환은 당황하지 않고 곧바로 모범 답안을 내놓았다.

"예정대로 움직이고 있습니다, 대표님."

"차질 없이?"

"국방부에서 전달받은 그대로입니다."

"오케이. 보고는 여기까지."

최치우가 공식적인 보고를 모두 접수했다.

그제야 이시환은 편하게 말을 놓았다.

"D—Day를 당기려고?"

"고민하고 있어. 일단 상황을 좀 보고, 가볼 데도 있으니까."

"가볼 데?"

"부족한 2%를 채워줄 곳을 찾았어. 어렵겠지만, 시도는 해봐
야지."

최치우가 아리송한 이야기를 했다.

헤라클레스와 UN 평화유지군, 그리고 아프리카 곳곳에 파
병을 나온 한국군으로 작전을 수행할 계획이었다.

물론 한국군은 지원 병력이다.

정제국 대통령은 알렉산드로 총장처럼 직권으로 전투 병력
을 늘릴 수 없다.

그러나 한국 파병군이 후방 지원부대를 맡아주면 든든한 힘
이 된다.

유사시 보급과 치료, 민간인 보호 등 국지전에 필요한 다양
한 역할을 수행할 수 있기 때문이다.

한국군이 뒤를 맡아준 만큼 헤라클레스와 UN 평화유지군
은 전투에만 집중하면 된다.

최치우는 정제국 대통령에게 남북 정상회담이라는 큰 선물을 안겨줬다.

그 대가로 아프리카 파병 부대의 적극적인 지원을 따낸 것이다.

사실 이 정도 준비면 충분하다.

아프리카 대륙에서 파란을 일으킬 수 있는 전력이다.

6개의 반군 연합이 얼마나 강할지 정확하게 파악이 안 된다지만, 그래도 질 것 같지는 않았다.

하지만 최치우는 일말의 가능성마저 지우고 싶었다.

만에 하나 반군 연합이 기습을 막아내고 특유의 게릴라전에 돌입하면 전쟁은 길어질 수밖에 없다.

결국 네오메이슨이 미군을 움직여 아프리카에 개입할 명분을 줄지도 모른다.

또 승리라고 해서 다 같은 승리는 아니다.

압도적인 승리와 상처뿐인 승리는 천지 차이다.

아군의 희생을 줄일 수 있다면 끝까지 최선을 다해야 한다.

최치우는 새로운 가능성을 찾은 모양이었다.

"그럼 어디로 갈 계획이야?"

"오늘은 남아공에 있는 헤라클레스를 점검하고, 내일 다시 이동할까 해. 전용기 대신 일반 여객기로."

"보안 때문이지?"

"응, 최종 목적지는……."

최치우가 말끝을 흐리자 이시환이 애타는 표정을 지었다.

평범한 상식으로는 도저히 따라갈 수 없는 최치우의 행보가 궁금해 죽을 지경이었다.

이시환도 남아공 본부장으로 올림푸스의 주요 임원이다.

그렇지만 최치우의 결정을 미리 알 수는 없다.

올림푸스와 퓨처 모터스에서 최치우는 절대적 권위를 가진 1인자다.

임원들과 상의를 하지 않고 중요한 결단을 내려도 누구 하나 불만을 토로하지 못한다.

이제껏 최치우의 파격적인 선택 덕분에 지금의 올림푸스와 퓨처 모터스가 존재하는 것이기 때문이다.

"놀라지 마, 이스라엘이다."

"이스라엘?"

이시환은 누가 들을까 봐 목소리를 낮췄다.

그러나 화들짝 놀란 것은 분명했다.

금방이라도 눈이 튀어나올 듯한 표정으로 최치우를 쳐다보고 있었다.

"이 시점에 이스라엘은 무슨 일로 가는 거야?"

"아까 말했잖아. 부족한 2%를 채워줄 곳이라고."

"이스라엘? 중동 문제로도 정신이 없을 텐데."

이시환의 지적은 정확했다.

이스라엘은 중동에 위치한 나라다.

미국의 강력한 우방인 동시에 중동을 화약고로 만든 주요 원인 국가 중 하나다.

엄청난 군사력과 경제력, 정보력, 거기에 국제사회에서의 로비 능력까지 갖췄지만 이스라엘이 아프리카에 개입할 확률은 낮아 보였다.

하지만 최치우는 자신의 판단을 의심하지 않았다.

"남부는 남아공, 중부는 케냐가 우리 거점이지. 그럼 아프리카 북부는?"

"현재로선 UN 평화유지군을 믿어야……."

"이스라엘은 아프리카 북부와 가까워. 이집트라는 장벽이 가로막고 있지만, 어차피 군대의 직접적인 개입을 바라는 건 아니니까. 모사드가 나서면 아프리카 북부의 반군을 평정하는 게 훨씬 쉬워질 수도 있어."

모사드는 악명 높은 이스라엘의 특수 정보기관이다.

러시아의 첩보 능력이 약해진 이후 미국의 CIA, 영국의 MI6와 함께 세계 3대 정보기관으로 불린다.

최치우는 이스라엘을 설득해 모사드의 힘을 빌릴 작정이었다.

누구에게 물어봐도 불가능한 미션이라고 고개를 내저을 것이다.

그러나 최치우는 언제나 한계를 깨부수며 세상을 변화시켰다.

이시환도 왠지 최치우라면 모사드를 수면 위로 끄집어낼 수 있을 것 같다는 기대감이 들었다.

기적을 현실로 만들고, 의심을 믿음으로 바꾸는 남자.

최치우의 시선이 이스라엘을 바라보고 있었다.

중동의 화약고에서 아프리카를 위한 칼 한 자루를 빌릴 수 있을까.

미지의 D—Day를 앞두고 시간은 점점 빨리 흐르고 있었다.

＊   ＊   ＊

남아공에서 헤라클레스 대원들의 무장 상태를 점검한 최치우는 시간을 지체하지 않았다.

원래 D—Day로 예정해 둔 10월 10일이 되려면 아직 2주 넘는 시간이 남아 있다.

하지만 상황이 어떻게 급변할지 모른다.

이시환의 보고에 의하면 반군 연합이 기존의 게릴라 부대를 흡수하는 데 열을 올리는 중이다.

대륙 각지에 퍼진 6개의 신규 반군이 세력을 규합하고, 완벽한 전력을 확보하기 전에 먼저 기습해야 한다.

최치우는 더블텐에 연연하지 않기로 했다.

사실 D—Day를 바꾸는 것은 쉬운 문제가 아니었다.

UN의 알렉산드로 총장과 사전 합의를 마쳤기 때문이다.

헤라클레스는 철저하게 최치우와 리키의 명령을 따르는 사설 무장단체다.

하지만 UN 평화유지군은 다르다.

나름의 지휘 체계와 절차를 필요로 한다.

아무리 사무총장이라고 해도 말 한마디로 손바닥 뒤집듯 출동 일자를 바꾸기는 어렵다.

그러나 최치우는 자잘한 데 신경을 기울이지 않았다.

평화유지군을 움직이는 건 어디까지나 알렉산드로 총장의 몫이다.

본인의 직함을 걸고 어떻게든 수를 낼 것이다.

그것조차 못 할 사람이라면 함께 전쟁을 치를 자격이 없다.

"난 내가 할 수 있는 일에 집중해야지."

이스라엘의 중심지, 텔아비브에 도착한 최치우는 빠르게 걸음을 옮겼다.

그는 전용기 대신 여객기를 탔고, 텔아비브에서도 휘황찬란한 리무진이 아닌 일반 택시를 이용했다.

보안을 지키기 위해서는 이동 패턴을 자주 바꾸는 게 좋다.

매번 여객기만 이용하는 것도, 그렇다고 매번 전용기만 타는 것도 현명한 방법은 아니다.

카멜레온처럼 언제 어떻게 움직일지 모르는 사람이 돼야 수많은 눈을 따돌릴 수 있다.

최치우는 이미 국제사회의 뜨거운 주목을 받는 존재가 됐다.

조금만 방심해도 세계 각국의 정보기관이 뒤를 밟을지 모른다.

그나마 아프리카와 중동에서는 운신의 폭이 자유로운 편이다.

유럽의 정보기관 스파이들도 세계에서 가장 위험한 아프리카와 중동에서는 마음대로 활개 치지 못한다.

딩동— 딩동—

텔아비브의 으슥한 뒷골목에 도착한 최치우가 초인종을 눌렀다.

여느 가정집과 다를 게 없는 평범한 주택이었다.

"**הַתָּא יְם**(미 아타)?"

굳게 닫힌 문 너머에서 인터폰을 통해 히브리어가 울렸다.

누구세요, 라는 뜻의 단순한 질문이다.

그러나 최치우의 대답은 무척 특이했다.

"옐레드 쉘 코카브."

낯선 발음이지만 침착하게 말했다.

최치우는 방금 자신을 '별의 아이'라고 소개한 것이다.

히브리어로 옐레드는 아이, 코카브는 별을 뜻한다.

어쨌거나 보통 사람이라면 남의 집 초인종을 누르고 자신을 별의 아이라 소개할 리 없다.

당연히 무시하거나 장난으로 받아들이고 화를 내야 정상이다.

하지만 이곳은 달랐다.

끼이이익!

닫혀 있던 문이 자동으로 열렸다.

최치우의 이상한 대답을 듣고 안에서 문을 열어준 것이다.

'드디어… 만나게 되는군.'

최치우는 당황하지 않고 문틈으로 몸을 밀어 넣었다.

이곳은 다름 아닌 모사드의 안전 가옥 중 하나다.

세계 3개 정보기관인 모사드는 이스라엘 내부에도 수많은 안전 가옥을 두고 있다.

안전 가옥 자체는 최치우에게도 낯설지 않았다.

과거 한국에서도 유영조 전 대통령을 국정원 안가에서 만난 적이 있었기 때문이다.

"샬롬, 프레지던트 초이."

주택의 대문 안으로는 아주 작은 정원이 조성돼 있었다.

그곳에 새하얀 랍비 복장을 한 남자가 서서 최치우를 반겼다.

"샬롬, 반갑습니다."

최치우는 유대교의 랍비 방식으로 인사를 건넸다.

로마에서는 로마법을 따르는 척이라도 해주는 게 예의다.

"안으로 모시겠습니다."

눈이 부실 정도로 새하얀 전통 의상을 입은 남자는 유창한 영어를 구사했다.

최치우는 그를 따라 모사드의 안전 가옥 깊숙이 들어섰다.

현관부터 복도까지 개미 새끼 한 마리 보이지 않았다.

그러나 최치우의 예리한 감각을 속일 순 없다.

'외부 저격수 5명, 안가 내부에 3명, 지하에 4명, 그리고 주인공까지. 참 많이도 준비했다.'

안전 가옥을 지키는 무장 병력만 무려 12명이었다.

저격수들은 외부에서 만일의 사태에 대비하고 있었고, 안가 내부와 지하에도 7명이 대기 중이다.

조금만 수상한 기색을 보여도 전후좌우와 발밑에서 즉시 7명이 튀어나올 것이다.

뿐만 아니라 저격수들의 빨간색 조준 레이저가 온몸을 수놓을 게 뻔했다.

모사드의 안방인 텔아비브에서 이만한 병력이 움직인 것은 두 가지 이유 때문이다.

첫째 원인은 국제사회에서 최치우라는 이름이 가지는 무게감이다.

12명의 무장 병력은 최치우를 견제하는 동시에 호위하는 역할도 맡았다.

만약 제3자의 테러가 발생하면 그들은 목숨 걸고 최치우를 지킬 것이다.

최치우처럼 저명한 인물이 이스라엘에서 사고를 당하면 모사드의 명예가 땅에 떨어진다.

둘째 원인은 역시 모사드의 VIP를 지키기 위해서다.

안전 가옥의 가장 깊은 방에서 홀로 최치우를 기다리고 있는 사람.

12명의 모사드 정예 요원을 대동할 정도로 그의 신분이 높다는 뜻이었다.

달칵—

"야훼의 축복이 있기를."

최치우를 안내한 랍비 복장의 사내가 방문을 열고 고개를 숙였다.

자신은 감히 방 안으로 들어갈 수 없다는 듯 경건한 태도였다.

최치우는 혼자 방에 들어가 문을 닫았다.

'젊다?'

모사드의 VIP를 발견한 최치우가 눈을 크게 떴다.

예상보다 너무 젊은 사람이 몸에 딱 붙는 정장을 빼입고 앉아 있었다.

더구나 남자도 아닌 여자였다.

마치 남자처럼 머리를 짧게 자르고 바지 정장을 입었지만, 얼굴과 몸매는 숨 막히도록 아름다운 젊은 여자의 것이었다.

모사드의 VIP가 이렇게 젊다는 것도, 관능적인 여자라는 것도 놀라웠다.

"아프리카에서 전쟁을 일으킬 거라고요?"

그녀는 인사를 생략한 채 다짜고짜 질문을 던졌다.

최치우는 눈살을 찌푸릴 수밖에 없었다.

헤라클레스와 UN 평화유지군이 전쟁을 준비한다는 사실은 극비이기 때문이다.

모사드와 접촉하면서도 절대 언급한 적 없었다.

"과연, 모사드의 명성이 진짜인가 봅니다."

최치우는 표정을 풀고 여유롭게 대답했다.

어떻게 정보가 새어나갔는지 확인할 길은 없다.

어차피 모사드가 같은 편이 되어주면 모두 상관없는 문제다.

최치우의 반응이 의외였을까.

그녀가 피식 웃음을 터뜨리며 자리에서 일어났다.

"반가워요. 모사드의 제2국장, 라파엘이에요."

5장

격변의 중심

　모사드 국장은 이스라엘 비밀 정보기관을 이끄는 수장이다.

　장관급 대우를 받는 그는 CIA 국장, MI6의 디렉터와 비슷한 역할을 수행한다.

　모든 게 베일에 꽁꽁 싸인 모사드에서 수면 위로 드러난 몇 안 되는 인물이 바로 국장이다.

　한국으로 따지면 국정원장인 셈이었다.

　하지만 정보기관의 총책임자는 정치적인 자리다.

　실제로 중요한 일을 처리하는 실무자들은 대부분 수면 아래 숨어 있다.

　국정원에서도 신원이 공개되는 원장과 차장들보다 비밀 직함을 유지하는 실세들의 파워가 더 강하다.

비밀 정보기관이라면 어디나 마찬가지일 것이다.

모사드 역시 예외는 아니었다.

대외적 책임자인 제1국장은 따로 있다.

그러나 제2국장이 실질적으로 모사드의 안살림을 책임지는 핵심이다.

그런데 놀랍게도 눈앞의 젊은 미녀가 자신을 모사드의 제2국장이라 소개했다.

트릭일까.

최치우는 가장 먼저 속임수가 아닐지 의심했다.

하지만 이내 의심을 접었다.

모사드에서 굳이 가짜를 내세울 이유가 없다.

게다가 최치우는 주요 국가의 대통령와 총리를 1 대 1로 만날 수 있는 사람이다.

모사드의 실세가 직접 모습을 드러낸 게 믿지 못할 일은 아니었다.

"반갑습니다, 라파엘 국장님."

최치우는 제2라는 수식어를 언급하지 않았다.

어차피 제1국장은 라파엘이 올린 보고서대로 결재를 할 것이다.

결정은 이곳에 나와 있는 라파엘의 몫이라는 걸 알 수 있었다.

"우리의 목적을 알고 있으니 대화가 빠르겠습니다."

최치우는 아프리카에서 전쟁을 일으킬 계획이라는 사실을

부정하지 않았다.

어차피 모사드에서 파악한 내용이다.

굳이 말을 돌리며 시간을 끌 필요가 없다.

최치우는 협상에서 속전속결을 선호한다.

심지어 도움을 요청할 때도 마찬가지다.

진솔하고 당당한 태도가 최치우를 협상의 달인으로 만든 최강의 무기였다.

"UN 평화유지군의 전투 병력이 갑자기 늘어나서 좀 놀랐죠. 게다가 헤라클레스도 용병들을 대거 채용했고. 단순히 케냐에 진출해서만은 아닌 거 같았어요."

라파엘은 판단의 근거를 명확하게 제시했다.

그녀는, 그리고 모사드는 최치우와 알렉산드로 총장이 병력을 늘린 것까지 감지하고 있었다.

최치우는 고개를 끄덕이며 말했다.

"우리가 누구를 치려는 건지도 파악했습니까?"

"새롭게 세력을 키우는 반군들. 아닌가요?"

"그럼 새로운 반군들이 누구의 지원을 받아 생겨났는지도 알고 있겠군요."

"그건……."

막힘 없던 라파엘이 말끝을 흐렸다.

최치우는 의미심장한 미소를 지으며 그녀를 쳐다봤다.

"우선 내가 알고 있는 것, 그리고 모사드가 알고 있는 것을 교환합시다. 그럼 퍼즐이 완성될 테니까."

"정보 교환?"

"그런 다음 조건이 맞으면 힘을 합치고."

최치우의 제안은 대담했다.

함께 아프리카에서 전쟁을 치르자고 요구하기 전, 각자의 정보를 카드로 내밀었다.

모사드가 입수한 정보를 얻으면 이스라엘까지 날아온 비행기값은 건지는 셈이다.

라파엘도 손해 볼 게 없는 장사다.

정보란 많으면 많을수록 좋은 것이다.

더구나 최치우 정도의 인물이 질 낮은 정보로 베팅을 할 가능성은 거의 없다.

짧게 고민을 끝낸 라파엘이 당차게 말했다.

"좋아요. 우리는 6개 반군들의 거점과 전력을 파악하는 데 주력했어요."

"거점은 우리도 알고 있습니다. 전력 파악은 어느 정도 수준입니까?"

"전투 병력과 주요 무기 리스트."

라파엘의 말을 들은 최치우가 눈을 빛냈다.

반군들의 병력과 무장 상태를 알 수 있다면 작전을 세우는 데 엄청난 도움이 될 것이다.

최치우도 자체적으로 파악을 했지만, 모사드의 정보와 더블 체크를 할 필요가 있다.

"그쪽은요?"

이번에는 라파엘이 최치우의 패를 확인하려 했다.

최치우는 천천히 고개를 끄덕이며 입을 열었다.

"네오메이슨."

"그들이?"

라파엘은 네오메이슨의 존재를 알고 있었다.

모사드의 실질적인 리더가 네오메이슨을 모르면 더 이상한 일이다.

그러나 네오메이슨의 실체가 무엇인지, 그들이 아프리카에서 무슨 미친 짓을 벌이려는지 세세하게 아는 것처럼 보이진 않았다.

"헤라클레스와 UN 평화유지군의 목표는 단 하나, 네오메이슨보다 먼저 전쟁을 일으켜 아프리카의 혼란을 막는다. 이것뿐입니다."

"네오메이슨은 금융 마피아 집단인데, 그들이 굳이 아프리카의 반군을 지원할 이유는……"

"의심스러운 자금 흐름 내역, 그리고 네오메이슨의 계획까지 여기 담겨 있죠."

최치우가 주머니에서 작은 USB를 꺼냈다.

그는 눈을 크게 뜬 라파엘에게 USB를 던졌다.

그녀는 곧장 USB를 랩톱컴퓨터에 꽂고 최치우의 파일을 살펴봤다.

"이게 정말 사실이라고 믿는 건가요, 올림푸스는? 그리고 알렉산드로 사무총장님도?"

"아닌 것 같습니까?"

최치우는 더 이상 주장을 펼치지 않았다.

USB 파일에는 최치우가 정리한 네오메이슨의 반군 지원 내역과 의도가 고스란히 적혀 있다.

판단은 라파엘의 몫이다.

"이제 모사드의 카드를 넘길 차례입니다."

딸칵—

최치우의 말이 끝나기 무섭게 라파엘이 주머니에서 다른 USB를 꺼냈다.

두 사람 다 서로의 정보를 교환할 생각을 하고 만난 것이다.

"그 안에 있어요. 6개의 반군들이 어느 정도의 병력을 모았는지, 그리고 주의해야 할 무기는 무엇인지."

"1차 거래는 만족스러운데, 다음 스텝을 기다릴 시간이 많지 않습니다."

최치우가 라파엘의 USB를 챙기며 말했다.

그는 더블텐으로 예정됐던 D—Day를 최대한 당길 생각이었다.

반군 연합의 동향이 심상치 않기 때문이다.

찌릿!

허공에서 최치우와 라파엘의 시선이 얽히며 스파크를 만들었다.

"우리에게 원하는 게 무엇이죠? 그리고 줄 수 있는 것은?"

"모사드가 이 전쟁에 함께하길 원합니다."

"그 말은……."

"아프리카 북부의 반군들을 교란해서 고립시키는 게 첫 번째, 그리고 대륙 곳곳에 숨어 있는 모사드의 파트너들이 나서서 싸우는 게 두 번째."

"그 정도면 단순한 거래가 아니네요."

"대신 모사드는, 아니, 이스라엘은 올림푸스의 최치우에게 빚을 지우는 겁니다. UN에서 영향력도 커질 테고."

최치우는 어깨를 쫙 펴면서 말했다.

하지만 라파엘은 당황스럽다는 듯 허탈한 웃음을 터뜨렸다.

모사드의 대대적인 참전을 바라는 대가치고는 너무 터무니없기 때문이다.

그러나 최치우는 농담을 하는 게 아니었다.

"4시간 뒤에 남아공으로 돌아가는 비행기를 탈 겁니다. 그때까지 모사드의 답을 기다리겠습니다."

"행운을 빌겠어요."

라파엘은 두루뭉술한 대답을 하고 의자를 돌렸다.

최치우는 그녀를 방 안에 남겨두고 밖으로 나왔다.

이스라엘까지 날아와서 할 수 있는 일은 다 했다.

모사드와 정보를 교환하며 소기의 목적도 달성했다.

이제 더 애를 쓴다고 결과가 바뀌지는 않는다.

진인사대천명(盡人事待天命).

사람의 일을 마쳤으니 하늘이 도와주길 기다리는 수밖에 없다.

최치우는 홀가분한 마음으로 모사드의 안전 가옥을 벗어났다.

남은 몇 시간 동안 텔아비브에서 커피라도 한잔 마실 생각이었다.

아프리카를 넘어 중동의 화약고도 종횡무진 휘저은 최치우의 행보가 어떤 결과를 낳을지, 앞으로 4시간이면 뚜렷해질 것 같았다.

*　　　*　　　*

"리키, 6.25가 왜 일어났는지 알고 있습니까?"

최치우가 리키를 쳐다보며 질문을 던졌다.

사막을 가로지르는 지프차 뒷좌석에 나란히 앉은 리키가 머리를 긁적거렸다.

"싸부, 6.25가 뭐예요?"

최치우는 황당한 표정을 지을 수밖에 없었다.

한국말을 곧잘 하는 편이지만 리키는 흑인 혼혈이다.

게다가 한국에서 제대로 된 교육도 받지 않았다.

최치우는 자못 친절하게 다시 말했다.

"한국전쟁 말입니다."

"아하, 그거야 북한이 나쁜 놈이라서?"

"방심해서."

"와우!"

최치우의 아재식 개그에 리키가 눈을 동그랗게 떴다.

한국 사람들에겐 익숙한 이야기지만, 리키는 처음 듣는 농담이기 때문이다.

"우리가 이렇게 일찍 움직이는 것도……."

"방심할 때를 노려서?"

"바로 그거죠."

"역시 싸부는!"

리키가 필요 이상으로 감탄했다.

무거운 분위기를 풀려고 말을 꺼낸 최치우가 머쓱해질 정도였다.

두 사람을 태운 지프차는 케냐에서 르완다로 질주하는 중이었다.

헤라클레스 대원들도 각기 다른 지프차에 올라타 사막을 가로지르고 있다.

눈에 띄지 않기 위해 동선은 제각각이다.

하지만 르완다 국경지대 인근에서 모일 것이다.

휘이이이이—

세찬 모래바람이 지프차를 훑고 지나갔다.

머지않아 모래 대신 진한 피비린내가 바람에 실려 퍼져 나갈 것 같았다.

최치우와 리키.

두 사람이 함께 움직인다는 게 얼마나 공포스러운 일인지 아는 사람은 많지 않다.

레드 엑스 섬멸전을 경험한 헤라클레스 1기 대원들 정도만 둘의 무서움을 알고 있었다.

인간계 최강이자 헤라클레스의 리더인 리키, 그리고 현실의 한계 따위는 가뿐하게 넘어선 최치우.

D—Day를 한참 당겨서 더블텐 작전이 실행됐고, 최치우는 리키와 같이 르완다의 반군을 공격하는 루트를 선택했다.

이유는 간단했다.

르완다 국경지대의 반군이 가장 위험한 전력을 확보하고 있기 때문이다.

모사드의 라파엘 제2국장에게 받은 정보 덕분에 최선의 선택을 내릴 수 있었다.

네오메이슨은 비교적 감시가 취약한 아프리카 북부의 반군을 집중적으로 지원한 모양이었다.

르완다 지역의 신규 반군은 병력부터 최신 무기까지 정규군대에 필적할 수준이었다.

모잠비크를 비롯한 다른 지역도 경시할 수는 없다.

그러나 UN 평화유지군과 헤라클레스의 나머지 부대들이면 충분할 것 같았다.

최치우는 리키와 함께 나선 대신 르완다에 투입되는 병력을 많이 줄였다.

어차피 최치우가 동행한 이상 머릿수는 무의미해진다.

최치우는 핵무기와 비교할 수 있는 일종의 전략 자산이다.

가장 까다로운 르완다 반군을 진압하는 데 전략 자산 최치우를 쓰면서 헤라클레스의 병력은 아꼈다.

그만큼 남는 병력은 다른 지역에 보낼 수 있게 됐다.

최치우는 현대에 환생해서 올림픽 금메달 덕분에 군대를 면제받았다.

그렇지만 병법과 전략은 베테랑 장군들에게 뒤지지 않았다.

오히려 실전을 경험하지 못한 장군들보다 훨씬 나을 것이다.

다른 차원에서 무수히 많은 전쟁을 겪으며 전략을 몸으로 배웠기 때문이다.

"싸부, 이제 곧."

리키의 목소리가 바뀌었다.

농담을 일삼는 하이톤이 아니라 착 가라앉은 로우톤의 음성이 울렸다.

다른 동선으로 르완다까지 이동한 헤라클레스 대원들의 지프차가 하나둘 보이기 시작했다.

이제 곧 네오메이슨의 지원을 등에 업은 반군들과 전쟁이 벌어질 것이다.

아니, 전쟁은 이미 시작됐다.

최치우는 목을 좌우로 꺾으며 말했다.

"지휘는 리키가 맡아요. 나는 알아서 움직일 테니까."

"라져."

"경계 병력이 없는 걸 보니 모사드의 교란이 먹힌 것 같습니다."

최치우가 회심의 미소를 지었다.

모사드는 터무니없는 조건에도 불구하고 최치우에게 힘을 실어주기로 했다.

여러 가지 정치적 고려가 얽힌 복잡한 결정이었다.

아무튼 모사드의 정보 교란으로 아프리카 북부의 반군들은 철저하게 고립됐다.

전쟁의 징후를 포착하지 못하고 평소처럼 방심하게 된 것이다.

모사드가 나서지 않았다면 지금쯤 경계 병력이 헤라클레스의 지프차를 발견했을 것이다.

"갑시다."

최치우의 입에서 명령이 떨어졌다.

리키는 레게 머리를 위로 쓸어 올리며 무전기에 대고 외쳤다.

"레츠 고!"

훗날 역사에 평화전쟁으로 기록되는 아프리카의 반군 소탕전이 열렸다.

그 처음과 끝, 그리고 중심에 최치우가 오롯이 서 있었다.

*   *   *

헤라클레스와 UN 평화유지군은 같은 날, 같은 시각 무려 6개의 반군 거점을 기습했다.

네오메이슨의 지원을 받아 덩치를 키운 반군 연합을 일망타진하려는 것이다.

6개의 반군 외에도 뒤늦게 연합에 들어온 게릴라 세력들도 있다.

그러나 핵심은 역시 네오메이슨을 등에 업고 비밀스럽게 성장한 6개의 반군이다.

그들의 싹을 자르면 다른 반군과 게릴라들은 지레 겁을 먹고 움츠러들 게 분명하다.

이제껏 아프리카 대륙에서 이처럼 대대적으로 반군을 소탕하는 작전이 펼쳐진 적은 없었다.

비록 D−Day는 앞당겨졌지만, 더블텐 작전은 그 자체로 상당한 의미를 지니고 있었다.

만약 작전이 성공한다면 아프리카 대륙은 당분간 반군의 공포에서 벗어나게 될지 모른다.

대륙 전체가 소모전을 줄이고, 경제 개발과 보건 복지 등 실용적인 분야에 힘을 쏟을 바탕이 마련되는 것이다.

그로 인해 구해지는 생명이 얼마나 될까.

또 그로 인해 가난한 아프리카 국가들이 아낄 수 있는 비용은 천문학적이지 않을까.

한 도시, 한 국가를 넘어서 한 대륙의 가능성을 대폭 끌어올릴 수 있는 일이다.

6개 지역의 반군을 소탕하기 위해 나선 헤라클레스 대원들과 UN 평화유지군의 어깨 위에는 그만큼 무거운 짐이 걸려 있었다.

'죽지 말자, 최대한.'

최치우는 속으로 대원들을 향해 간절한 바람을 전했다.

르완다 국경에 모인 대원들에게만 전하는 바람이 아니었다.

그나마 이곳에 소집된 병력은 최치우와 리키라는 두 괴물의 가호를 받는다.

르완다의 반군이 가장 강력해도 여기가 제일 안전할지 모른다.

반면 드넓은 아프리카 대륙 구석구석으로 달려 나간 대원들은 최치우 없이 싸워야 한다.

최치우가 있는 싸움과 최치우가 없는 싸움.

그 간극은 천지 차이라는 말로도 온전히 담아낼 수가 없다.

"미니 퀘이크—!"

최치우는 사막의 끄트머리에서 6서클 마법을 캐스팅했다.

이제 막 시야 끝에 르완다 반군의 거점이 들어오고 있었다.

르완다 반군도 뒤늦게 헤라클레스와 UN 평화유지군의 지프를 발견하고 전투태세를 갖추는 중이었다.

그런데 느닷없이 지축이 흔들리며 땅이 쩍쩍 갈라지기 시작한 것이다.

쿠궁— 쿠구구구궁—!

"미니 퀘이크, 미니 퀘이크!"

최치우는 6서클의 미니 퀘이크를 연달아 세 번이나 사용했다.

이만하면 급격한 마나 소진으로 몸에 부담이 올 수밖에 없다.

아슬란 대륙의 보통 6서클 내지 7서클 마법사였다면 벌써 피를 토했을 것이다.

하지만 정령왕, 그리고 최상급 정령과 싸우며 한계를 경험한 최치우는 아무렇지 않은 얼굴이었다.

'마나가… 고갈되는 느낌이 안 들고 있어.'

최치우는 스스로의 힘에 의문을 품었다.

언제부터일까.

6서클, 그리고 현재로서 펼칠 수 있는 가장 고위 마법인 7서클 마법을 펼쳐도 지치지 않았다.

처음부터 이랬던 것은 아니었다.

7서클의 벽을 깨고 나서도 무리해서 마법을 펼치면 탈진하는 게 당연했었다.

그런데 이제는 6서클을 마치 1서클처럼 펼칠 수 있게 됐다.

정확히 어느 시점부터일까.

'우라노스.'

최치우는 물의 정령왕 우라노스를 떠올렸다.

독도 인근 바다에서 우라노스를 소멸시켰을 때 소울 스톤을 찾지 못했다.

대신 최상급 대지의 정령 나드갈에게서 의미심장한 이야기를 들었다.

우라노스의 인장이 최치우의 심장에 박혔다는 것이다.

최치우는 알지 못해도 정령들은 우라노스의 인장을 알아보는 것 같았다.

'그 영향인가? 마나를 물 쓰듯 써도 지치지 않는 것이.'

제법 합리적인 추측이었다.

정령왕은 자연계의 정점에서 수많은 정령들을 다스리는 초월적인 존재다.

마법을 펼칠 때 소모되는 마나 역시 대자연의 힘이다.

만약 우라노스의 힘이 최치우에게 깃들었다면 마르지 않는 바다를 얻은 셈이다.

6서클, 7서클 마법을 무한정 쓸 수 있게 됐다는 것은 치트키나 다름없다.

그 덕에 숙련도가 비약적으로 높아지면 8서클 대마도사 클래스와 9서클 현자 클래스의 벽도 일찍 깨뜨려질지 모른다.

"먼저 가요, 싸부우!"

그때였다.

리키의 우렁찬 목소리가 최치우의 상념을 깨웠다.

미니 퀘이크를 세 번이나 펼친 최치우가 복잡한 생각을 하는 동안 불과 1분도 흐르지 않았다.

그사이 헤라클레스와 UN 평화유지군의 지프는 르완다 반군의 거점 가까이 다다랐다.

조금만 더 전진하면 반군의 바주카포 사정거리에 들어간다.

이제부터는 지프에서 내린 다음 넓게 흩어져 돌진하는 게 낫다.

타악―!

최치우도 모래 위를 달리는 지프에서 땅으로 뛰어내렸다.

미니 퀘이크의 영향으로 르완다 반군은 우왕좌왕 당황하고 있을 것이다.

'바주카포를 쏘기 위해서는 단단한 지반이 필요하다. 시간이 걸리겠지.'

6서클 마법은 전쟁의 승패를 바꾸는 위력을 지녔다.

최치우는 미니 퀘이크 세 번으로 르완다 반군의 경계를 완전히 무너뜨린 것이나 마찬가지였다.

헤라클레스와 UN 평화유지군은 보다 수월하게 르완다 반군의 거점 내부로 진입하게 됐다.

만약 미니 퀘이크가 적진을 뒤흔들지 않았다면 돌격하는 과정에서 바주카포 세례가 쏟아져 수많은 사상자가 발생했을 것이다.

파바바박!

최치우는 예사롭지 않은 속도로 땅을 박찼다.

그는 허리에 권총 두 자루를 찼을 뿐, 제대로 무장을 하지 않았다.

전투 병력이 자기 역할에 맞게 최신 무기를 챙긴 것과는 대조적이었다.

그러나 최치우가 굳이 기관총과 수류탄, 샷건을 들고 다닐 필요가 없다.

그는 프리 롤(Free-Role)을 부여받았다.

축구로 따지면 포지션 없이 자유롭게 운동장을 누비며 게임을 휘젓는 역할이다.

"인페르노—!"

최치우가 캐스팅을 마치자 반군의 진영에서 화염이 치솟았다.

6서클 마법인지, 아니면 폭탄이 터진 것인지 구분하긴 어려웠다.

이미 르완다 반군은 반격을 시작했고, 헤라클레스와 UN 평화유지군도 난전을 벌이는 중이기 때문이다.

피융— 피유웅—

타다다다!

총알이 사방을 스치고, 기관총이 불을 뿜었다.

곳곳에서 수류탄이 터지며 수많은 인명이 쓸려 나가고 있었다.

최치우는 아군이 위험하다 싶은 곳, 또는 적진의 주요 거점으로 보이는 곳에 어김없이 인페르노를 작렬시켰다.

퍼어엉!

화르르르르륵—

지옥의 불길이 르완다 반군의 거점을 집어삼키고 있었다.

총알이 비처럼 쏟아지는 전장에서 자유자재로 지진을 일으키고 화염을 터뜨리는 최치우는 전신(戰神)이나 다름없었다.

물론 전투의 혼란 덕택에 그가 어떤 이적을 일으키는지 알아보는 사람은 없었다.

최치우도 오랜만에 전쟁의 열기를 머금으며 압도적인 능력을 발휘할 수 있었다.

타당— 타타탕—!

"싸부!"

언제 나타났는지 리키가 최치우의 등 뒤에서 기관총을 난사했다.

아무렇게나 쏘는 것 같지만, 총알의 궤적은 정확히 르완다 반군의 저격수들을 훑고 지나갔다.

쐐애액—

최치우는 경공을 펼쳐 리키에게 다가갔다.

아니, 리키의 뒤에서 총구를 들이댄 반군에게 뛰어들어 주먹을 날렸다.

빠각!

안면이 함몰되는 소리와 함께 반군이 맥없이 쓰러졌다.

최치우가 아니었다면 리키의 등에 구멍이 숭숭 뚫렸을지 모른다.

"방심은 금물."

"와우, 싸부. 조심할게요. 테이크 케어!"

리키는 죽을 위기를 넘겼어도 마냥 해맑은 얼굴이었다.

그러고는 다시 반군들이 가장 많이 모인 곳으로 와다다 달려갔다.

최치우는 한숨을 내쉬고 고개를 돌렸다.

'모사드의 정보에 의하면 이곳에는 위험한 무기가 있다. 그걸 쓰기 전에 막아야 해.'

최치우가 르완다 반군을 가장 위험한 지역으로 분류한 이유는 따로 있었다.

모사드는 그들이 대량살상무기, 그중에서도 극악한 생화학무기를 보유하고 있다는 정보를 입수했다.

어떤 경로를 통해 생화학무기를 얻었는지 확인할 길은 없었다.

아마 네오메이슨의 조력이 결정적 역할을 했을 것이다.

그러나 국제사회에서 핵무기만큼 절대 악으로 여겨지는 게 생화학무기다.

회생이 불가능한 피해를 입히고, 엄청난 민간인 사상자를 발생시키는 점에서 핵과 비슷한 점이 많다.

어떤 면에서는 핵보다 생화학무기가 더욱 악질적이다.

궁지에 몰린 르완다 반군이 생화학무기를 쓰면 다 죽는다.

다행히 핵이나 생화학무기는 버튼 하나로 간단히 발사할 수 있는 게 아니었다.

워낙 위험한 무기인 만큼 나름의 체계와 절차를 안전장치로 두고 있다.

최치우는 르완다 반군의 우두머리가 미친 짓을 하기 전에 상황을 종료시킬 작정이었다.

'반드시 온전한 생화학무기를 찾아내고 만다. 그것만 있으면 명분은 충분해.'

최치우가 감각을 예민하게 끌어 올리며 주위를 두리번거렸다.

한껏 규모를 키운 르완다 반군은 헤라클레스와 UN 평화유지군의 기습에 대책 없이 당하는 중이었다.

현대전에서 정보가 이렇게 중요하다.

모사드가 정보를 차단하자 기습이 통할 수 있었고, 미처 대비하지 못한 병력은 머릿수가 많아도 오합지졸일 뿐이다.

두두두두두—

타탕! 타타타탕!

기세를 잡은 헤라클레스는 적들을 완전히 섬멸할 것 같았다.

UN 평화유지군은 헤라클레스가 휩쓸고 지나간 경로를 뒤따르며 반군 생존자를 체크했다.

레드 엑스 섬멸전과 달리 모조리 다 죽일 필요는 없다.

포로를 확보하면 국제사회에 전쟁 명분을 설파하는 데 도움이 될 것이다.

바로 그 명분을 위해서 가장 중요한 대목이 생화학무기였다.

생화학무기만 찾아내면 헤라클레스와 UN이 선제공격을 감행한 게 100% 정당화된다.

'저곳!'

사방을 배회하던 최치우의 눈빛이 한 곳에 고정됐다.

르완다 반군의 병력이 머무르는 거점 뒤편으로 수상한 건물이 보였다.

가건물치고는 꽤 정성스럽게 지어놓았다.

최소한 르완다 반군의 우두머리가 머무는 장소 같았다.

타앗!

길게 생각할 틈이 없다.

최치우는 곧장 몸을 날렸다.

총알이 오가는 사선을 넘나들며 재빨리 달려가는 그의 모습은 한 마리 매 같았다.

사냥감을 노리는 매가 창공을 쪼개는 것처럼 최치우도 수상한 건물을 향해 일직선으로 쇄도했다.

'있다, 인기척!'

최치우는 건물 안에서 사람의 기척을 느꼈다.

바깥이 쑥대밭이 되고 있는데 나오지 않고 숨은 사람들이다.

겁을 먹었다면 진즉 도망치려 했을 터, 뭔가 다른 이유 때문에 건물 안에 머무는 것 같았다.

콰앙!

오랜만에 소림사의 절기 금강나한권이 묵직한 기운을 뿜어냈다.

백보신권을 능가하는 천보일권으로 굳게 닫힌 문을 박살 낸 최치우는 망설임이 없었다.

안에서 누가 튀어나올지 모르는데 곧장 부서진 문 사이로 몸을 날렸다.

뭐가 나와도 상관없다는 강한 자신감의 발로였다.

투타타타!

곧이어 최치우를 향해 총성이 울렸다.

베테랑 용병도 낯선 곳에서 갑자기 뿜어진 총알을 피하긴 어렵다.

선두에서 진입하면 대부분 죽는다고 봐야 한다.

하지만 최치우는 달랐다.

그는 총성이 울리기 직전, 자신을 노리는 살기를 느끼자마자 5서클 마법을 캐스팅했다.

"윈드 스피어—!"

바람의 칼날이 연달아 솟아나 두터운 막을 형성했다.

따다다당!

총알은 바람의 장막에 막혀 튕겨 나갔다.

주인을 지킨 윈드 스피어는 총구에서 불이 뿜어진 곳으로 날아갔다.

콰드득!

건물 내부를 지키던 반군들은 무형의 칼날에 찍혀 오장육부가 일그러졌다.

'여기가 확실하다.'

최치우는 더 많은 인기척과 살기를 느끼며 미소를 지었다.

한 명의 병력이 아쉬운 상황에서 이곳에 이토록 많은 반군들이 상주하고 있는 이유는 무엇일까.

르완다 반군의 우두머리를 지키기 위해, 그리고 무엇보다 가장 중요한 생화학무기를 지키기 위해서일 것이다.

앞으로 5분에서 10분, 그사이에 최치우가 먼저 일으킨 전쟁의 성패가 달려 있다.

최치우는 입술을 깨물고 어두운 건물 지하로 내려갔다.

땅굴을 파놓은 듯 지하와 연결된 건물 아래에서 심상치 않은 일이 벌어지고 있을 것이다.

생화학무기가 발사되는 비극적인 일을 막으려면 일분일초를 아껴야 한다.

두 주먹을 꽉 쥔 최치우는 단전 가득 내공을 끌어 올렸다.

한바탕 칼춤을, 아니, 마법과 무공의 춤을 춰야 할 시간이었다.

6장

신세기

　새로운 세상은 거저 열리지 않는다.

　구시대가 막을 내리고, 새 시대가 도래할 때는 언제나 피바
람이 불었다.

　인류의 문명을 비약적으로 발전시킨 산업화는 식민지 전쟁
을 낳았다.

　민주화 역시 핏빛 투쟁 위에 세워진 역사다.

　시기와 방식은 조금씩 달라도 희생 없이 선진국 반열에 오른
나라는 없다.

　아프리카 대륙도 마찬가지다.

　길고 긴 암흑의 역사에서 벗어나 새로운 전기를 맞이하기 위
해서는 역사의 피값을 치러야 한다.

최치우는 자기 손에 피를 묻히며 아프리카에 새로운 시대를 불러오고 있었다.

이유는 간단하다.

다음 세대의 격전지는 아프리카가 될 것이고, 그 대륙의 운명을 개척해 준 영웅이 곧 인류의 영웅으로 남을 거라 확신했기 때문이다.

과거에는 동양 문명이 서양을 압도했었다.

서양은 산업혁명 이전까지 미개한 문명에 속했다.

잉카 제국을 침략한 스페인도 악랄함과 전투력만 앞섰을 뿐, 농경 기술을 비롯한 여러 문화는 한참 뒤처졌다.

원래부터 서양의 백인들이 인류 역사를 주도한 것은 아니었다.

산업혁명과 제국주의 팽창 이후 세계의 중심이 서양으로 옮겨졌을 뿐이다.

이후 세계의 중심은 다시 한번 바뀌었다.

제이차세계대전이 기점이 됐고, 같은 서양이지만 구대륙 유럽에서 신대륙 미국으로 권력이 넘어간 것이다.

역사를 돌아보면 미국과 유럽 중심의 세계 질서가 영원하리란 보장이 없다.

최치우는 한쪽으로 쏠린 무게 추를 옮기는 데 주력하고 있었다.

중심은 당연히 대한민국의 올림푸스가 될 것이다.

또한 올림푸스가 마음껏 활개 치며 성장할 무대는 다름 아닌 아프리카 대륙이다.

지금 흘리는 피는 빛나는 미래를 열기 위한 대가이다.

퍽! 퍼퍽—!

최치우의 주먹이 순식간에 두 명의 안면을 함몰시켰다.

총을 든 반군들이 아무리 많아도 속수무책이었다.

건물 지하로 진입한 최치우는 벌써 20명 가까운 무장 병력을 죽이거나 쓰러뜨렸다.

허리춤에 찬 권총은 쓰지도 않았다.

금강나한권과 아랑권이면 충분했다.

이제 최치우의 눈앞에는 르완다 반군의 우두머리와 소수의 병력들, 그리고 새하얀 실험복을 입은 과학자 몇 명이 전부였다.

"마지막으로 경고한다. 모든 동작을 멈추면 목숨은 살려주지. 하지만 움직이면……."

최치우의 말이 끝나기도 전에 얼마 안 남은 반군들이 움직였다.

이미 수많은 동료가 죽어나가는 꼴을 봤어도 개의치 않았다.

르완다 반군의 우두머리를 호위하는 병력은 마약과 세뇌에 찌든 광전사였다.

이성적인 판단을 할 수 없는, 오직 우두머리를 지키기 위한 인간 병기인 셈이다.

"윈드 스피어—!"

최치우는 낌새를 느끼자마자 캐스팅을 마쳤다.

슈우우우욱—

콰아악!

일직선으로 곧게 날아간 바람의 창이 반군 병력의 가슴을 꿰뚫었다.

간발의 차로 방아쇠를 당기기 전이었다.

하지만 모두를 막을 순 없었다.

투다다다다다다!

최치우를 향해 다른 병력이 기관총을 난사했다.

뒤가 막힌 좁은 공간, 최치우가 아니라면 온몸이 벌집이 됐을 것이다.

그러나 최치우는 예상하고 있었다는 듯 몸을 바닥에 붙였다.

마치 그림자가 꺼지듯 총알보다 빠르게 움직인 그는 한시도 가만히 있지 않았다.

총구가 바닥을 겨누기 전, 윈드 스피어를 생성하며 로켓처럼 몸을 튕겨냈다.

"윈드 스피어!"

다시 생성된 바람의 창은 무차별적으로 쏟아지는 총알을 막는 역할이었다.

그러는 사이 한껏 도약한 최치우의 몸은 어느새 기관총을 잡은 병력 앞에 다다랐다.

빠바바박—!

최치우의 길쭉한 다리가 반원을 그렸다.

선풍각으로 한 번에 총을 든 반군 여럿을 쓸어버린 것이다.

마치 볼링에서 스트라이크가 나오듯 최치우의 다리가 지나가는 궤적에 걸린 병력이 우수수 쓰러졌다.

그냥 발차기가 아니다.

내공이 실린 최치우의 다리는 쇠몽둥이보다 단단했고, 엄청난 속도가 더해져 맞는 사람의 뼈와 장기를 부숴 버린다.

"후! 말 좀 듣자."

최치우는 가볍게 숨을 토해내며 고개를 까닥였다.

이것으로 르완다 반군의 우두머리를 호위하던 병력을 완전히 정리했다.

우두머리 한 사람과 과학자들밖에 남지 않았다.

실험복을 입은 과학자들은 한참 전부터 얼어붙어 오들오들 떨고 있었다.

그들은 눈앞에서 기적을 펼치며 반군들을 쓸어버리는 최치우에게 대항할 배포가 없었다.

반면 르완다 반군을 일으킨 우두머리는 까만 피부보다 더 어두운 눈빛으로 최치우를 노려봤다.

"홧 두 유 원트!"

아프리카식 발음으로 질문을 하는 목소리는 걸걸하고 탁했다.

최치우는 그의 시선을 피하지 않았다.

하지만 순순히 원하는 대답을 해줄 리 없었다.

"마두페 두르. 네오메이슨의 지원을 받아 르완다 국경에서 반군을 창설했고, 신규 반군 연합을 구성함. 마약을 이용해 병사들을 세뇌했으며 생화학무기를 보유. 이만하면 즉결 처분이지만, UN에서 증언하고 평생 감옥에서 썩어라."

최치우는 유창한 영어로 마두페 두르의 앞날을 예언하듯 말해줬다.

모든 게 수포로 돌아갔다는 절망에 빠진 마두페는 눈이 뒤집어졌다.

어차피 이판사판이다.

"크아아아아ㅡ!"

입에 거품을 문 마두페가 품에서 수류탄 두 개를 꺼냈다.

밀폐된 지하에서 수류탄을 터뜨리면 다 죽는다.

마두페 두르도 죽을 수밖에 없다.

최후의 순간, 자살 폭탄 테러로 최치우라도 죽이고 가려는 것이다.

하지만 그냥 당해줄 최치우가 아니었다.

"플래시!"

7서클 마법 플래시가 발동됐다.

캐스팅과 동시에 공간이 뒤틀렸다.

사람의 눈은 물론이고, 그 어떤 감각으로도 알 수 없는 일이 벌어졌다.

쉭ㅡ

타악!

"이걸 찾는 건가?"

최치우는 두 손을 들어 수류탄을 보여줬다.

미친 듯이 달려들며 수류탄을 던지려던 마두페 두르는 입을 떡 벌렸다.

눈앞에서 귀신에 홀린 기분이었다.

흑백의 대비가 선명한 마두페의 손은 텅 비어 있었다.

불과 1초, 아니, 0.1초라고 해도 과장이 아니다.

최치우는 찰나의 순간을 갖고 놀며 7서클 마법 플래시로 수류탄을 옮겨왔다.

단거리 공간 이동을 가능하게 만드는 플래시의 응용법은 무궁무진하다.

물의 정령왕 우라노스와 싸울 때도 플래시로 미쓰릴 필드를 이동시켜 역전의 실마리를 잡았었다.

마두페에게서 수류탄을 뺏는 건 그에 비해 훨씬 간단한 일이었다.

"미련하긴."

최후의 발악을 가뿐하게 비웃은 최치우가 바닥을 박찼다.

눈 깜짝할 사이 마두페에게 근접해 무릎으로 명치를 가격했다.

그냥 맞아도 아픈 니킥에 급소를 가격당한 마두페는 침을 질질 흘리며 철퍼덕 엎어졌다.

"끄… 끄흐으으……."

옹골찬 야심을 품고 네오메이슨의 지원을 받았던 반군 우두머리가 쓰러졌다.

바깥에서도 상황이 정리됐을 것 같았다.

최치우는 실험복을 입은 과학자들에게 고개를 돌렸다.

"무슨 사연으로 여기서 생화학무기를 만지고 있었는지 모르 겠지만, 죗값은 치르고 봅시다."

과학자들 역시 중요한 증인이다.

국제사회에서 엄격하게 통제하는 생화학무기가 어떻게 르완 다까지 흘러들어 왔는지, 그들이 누구보다 잘 알 것 같았다.

이로써 최치우는 평화전쟁의 명분을 확보했다.

동시다발적 선제공격으로 피를 봤다는 비난을 막아낼 완벽 한 증거를 얻었다.

만약 헤라클레스와 UN 평화유지군이 나서지 않았다면 반 군 연합이 생화학무기를 썼을 것이다.

이보다 더 확실한 명분이 어디 있겠는가.

최치우는 자신의 두 손에 들린 수류탄을 쳐다봤다.

수류탄이 아니라 아프리카 대륙의 운명을 양손으로 떠받친 느낌이었다.

"됐다, 이제."

안도 섞인 최치우의 혼잣말이 짧고 굵은 전쟁의 끝을 말해 주는 것 같았다.

*　　　*　　　*

"우리는 르완다 반군의 창설자, 마두페 두르를 생포했습니다. 그는 수사 과정에서 믿기 힘든 증언을 자백했습니다. 외부의 지원을 받아 반군 세력을 키우고, 생화학무기까지 받았다는 사실입니다. 마약으로 소년병을 길들이는 극악한 범죄가 가볍게 느껴질 정도였습니다."

알렉산드로 사무총장의 목소리가 UN 대회의실을 울리고 있었다.

회의에 참석한 전 세계 각국의 대표단은 다들 심각한 얼굴이었다.

특히 알렉산드로 총장을 눈엣가시처럼 여기던 안보리 상임이사국의 몇몇 대표들은 불편한 기색이 역력했다.

"만약 UN 평화유지군이 아프리카 내부의 조력자들과 함께 기습 공격을 감행하지 않았다면, 하루라도 늦어 르완다에서 생화학무기가 사용됐다면 그 혼란은 누가 책임지고 수습할 수 있습니까?"

장내는 조용하기 그지없었다.

누구도 감히 먼저 나서서 입을 열기 힘든 분위기였다.

사무총장의 독선과 절차 무시를 탓하기 어렵다.

섣불리 알렉산드로 총장을 공격했다간 언론과 여론의 집중포화를 맞을 게 뻔하다.

벌써부터 세계 유수의 언론은 아프리카 반군 토벌 작전을 평화전쟁이라 부르기 시작했다.

평화를 지키기 위해 일으킨 단 하루의 전쟁.

언제 영화로 만들어져도 이상하지 않을 이야기다.

알렉산드로 총장은 기세를 몰아 정치적 승부수를 던졌다.

"우리 UN이 할 일은 누가, 왜 아프리카의 반군들을 지원했는지 밝혀내는 것입니다. 6개의 반군 세력을 육성하고, 생화학무기까지 들여보낸 책임을 정확하게 찾아 묻는 것, 그 일에 힘을 모아주십시오!"

연설이 끝났다.

잠시 압도당했던 청중은 조금 늦게 박수 세례를 터뜨렸다.

짝짝짝짝짝짝─!

떨떠름한 표정을 짓던 몇몇 사람들도 박수를 보내는 수밖에 없었다.

아프리카 대륙에서 거스를 수 없는 물줄기가 만들어졌다.

이 흐름을 거스르는 것은 불가능하다.

알렉산드로 총장은 연설에서 네오메이슨을 직접 거론하진 않았다.

그 이름을 언급하는 순간, 본질은 사라지고 언론에서는 자극적인 음모론을 양산할 것이다.

문제는 말보다 행동이다.

네오메이슨의 실체를 규명하고, 정확히 누가 아프리카 반군에 개입했는지 파악하는 게 급선무다.

그러기 위해서는 상임 이사국의 동의를 받아 UN 내부에 특별 기구를 설치해야 한다.

자체적으로 조사를 하면서 CIA나 FBI의 협조도 받을 수 있다.

이것 역시 최치우의 머릿속에서 나온 아이디어였다.

'네오메이슨이 아무리 로비를 해도… 이 흐름을 막을 순 없다.'

회의실 뒤편에서 팔짱을 끼고 연설을 지켜본 최치우는 조용히 고개를 끄덕였다.

알렉산드로 총장의 연설은 흠잡을 데 없었다.

전 세계의 국민들은 외부 세력이 아프리카 반군들을 지원했다는 사실에 분노하고 있었다.

물론 전쟁 자체를 무조건 기피하는 사람들도 있다.

하지만 UN 평화유지군은 단 하루 만에 6개 반군의 거점을 박살 내며 전쟁을 마무리 지었다.

사람들이 전쟁 피로감을 느끼며 뉴스에 시달릴 필요가 없게 만든 것이다.

단 하루의 평화전쟁을 위해 최치우는 치밀하게 준비하며 때를 기다렸다.

UN을 포섭했고, 이스라엘로 날아가 모사드까지 아군으로 삼았다.

그로 인해 아프리카는 적어도 당분간 반군의 공포에서 벗어날 수 있게 됐다.

어쩌면 근현대 이후 아프리카 역사상 처음으로 내전 걱정 없이 경제 개발에만 집중할 수 있는 환경이 주어진 것이다.

최치우의 신념과 열정, 끈기와 확신이 검은 대륙에 새로운 시대를 선물했다.

올림푸스는 아프리카의 새 시대를 함께 누리며, 또한 구시대의 악마들을 청산해 나갈 것이다.

'뿌리까지 뽑는다, 네오메이슨.'

최치우는 뚜벅뚜벅 정도를 걷다 보니 어느덧 네오메이슨의 뿌리에 가까이 다가서 있었다.

그 실체를 똑똑히 볼 날이 머지않았다.

아프리카 인구 말살 정책이라는 백년대계(百年大計)가 좌절된 네오메이슨도 이제는 크나큰 위기감을 느낄 게 분명했다.

수면 아래에서 치열하게 전개된 싸움이 물 위로 드러날 가능성이 점점 높아지고 있었다.

*   *   *

아프리카에서 평화전쟁이 벌어지고, 알렉산드로 사무총장이 의미심장한 연설을 마치며 많은 게 달라졌다.

그 이전까지 네오메이슨이란 이름을 제대로 아는 사람은 거의 없었다.

심지어 주요 국가의 정상 중에서도 네오메이슨을 모르는 사람들이 꽤 있었다.

네오메이슨에 대해 들어봤어도 단순히 금융계의 거물들이 뭉친 결사대로 아는 경우가 대부분이었다.

그러나 알렉산드로 사무총장이 연설에서 언급한 세력, 반군을 지원하고 생화학무기까지 전달한 주체가 바로 네오메이슨이라는 소문이 돌기 시작했다.

물론 알렉산드로 총장은 공식적으로 네오메이슨을 언급하지 않았다.

섣불리 이름을 밝힐 경우 괜한 혼란을 자초할 수 있기 때문이다.

하지만 UN 내부의 소문은 빠르게 퍼지고 있었다.

UN은 작은 지구나 마찬가지다.

전 세계에서 가장 다양한 국적의 직원들이 모인 곳이다.

그만큼 온갖 정보가 넘쳐난다.

"그런데 난 아직도 이해가 안 가는 게… 네오메이슨인가 뭔가는 금융계의 기득권 집단이라며. 근데 뭐가 아쉬워서 반군을 키우고 생화학무기를 사준 거야?"

"생각해 봐. 아프리카 여기저기에서 내전이 벌어지고, 생화학무기도 터지면 난리가 나겠지?"

"그렇지. 지금처럼 하루 만에 진압이 될 리는 없으니까."

"그럼 결국 미국이랑 다른 나라에서 개입할 수밖에 없고, 그래도 한번 불이 붙은 내전은 쉽게 못 잡을 거고. 군수업체만 대박 나는 거잖아."

"아─! 그래서?"

"듣기로는 군수업체 주식을 대량으로 샀다던데. 실질적으로 인수한 곳도 있고."

"진짜 무섭다. 돈 때문에 그런 일을 꾸밀 수 있다니……"

"평화전쟁이 아니었다면 계획대로 됐겠지? 아프리카에서는 사람들이 죽어나가고, 돈은 다른 사람들이 뒤에서 무진장 벌고."

"생각할수록 평화전쟁은 대단한 거네."

"그럼. UN 역사상 최고의 성과로 기록될 거 같아."

"하긴, UN이 이빨 빠진 호랑이가 아니라는 걸 증명한 셈이잖아."

"저번에 대규모로 직원들이 잘린 것도 네오메이슨이랑 연관된 사람들이었대."

"정말?"

"정말!"

UN 본부 곳곳에서 직원들이 모이면 저마다 정보를 나누고 소문을 전파했다.

제법 많은 이야기를 듣는 간부급 직원 사이에서는 최치우의 이름도 나왔다.

"이번에 아프리카 평화전쟁 말인데… 올림푸스가 설계하고 실행까지 함께했다는군."

"치우 초이? 또 그 사람이야?"

"그러게 말이네. 사무총장이랑 가까운 사이라는 건 다 알려졌지 않나."

"평화전쟁까지… 이 정도면 보이지 않는 손 아닌가?"

"아니지, 세계를 움직이는 보이는 손이지. 결국 진실은 알려지니까 말이네."

"그것도 그래."

"그 치우 초이의 여자 친구가 본부에서 근무하는 직원이라고 해."

"설마!"

"사실이야. 국제금융감시위원회 소속의 한국인 여자라고 들었는데."

"우리가 모르는 사이 UN도 올림푸스가 좌지우지하는 건 아니겠지?"

"모르지. 신임 사무총장이 치우 초이에게 단단히 의지하는 거 같기는 하던데. 네오메이슨? 그 실체를 파헤치는 특수 기구도 올림푸스와 비밀리에 상의하면서 만든다는군."

"세계를 움직이는 한국인이라… 기분이 묘해."

"그렇지? 낯선 현상이긴 해."

회사로 따지면 임원에 해당하는 두 사람은 대화를 나누다 목소리를 낮췄다.

그럴 일은 없지만, 혹시라도 누가 들으면 곤란한 내용이었다.

그러나 알 만한 사람들은 이미 다 알고 있다.

올림푸스의 최치우가 알렉산드로 사무총장을 움직였고, 평화전쟁과 이후의 네오메이슨 색출 작업까지 주도한다는 사실을 말이다.

기회를 잡은 최치우는 칼을 확실하게 뽑았다.

유은서가 납치당했을 때는 UN 내부의 네오메이슨을 숙청하는 데 그쳤었다.

하지만 이번에는 다르다.

네오메이슨의 본진을 향해 진격할 것이다.

그들이 아프리카 인구 말살 정책이라는 미친 짓을 추진하다 걸렸기 때문에 명분은 충분하다.

미국 정부도 UN의 조사에 협조할 수밖에 없다.

만약 제대로 협조하지 않으면 미국 정부가 네오메이슨과 손을 잡고 아프리카 반군을 지원했다는 오해를 살지 모른다.

그렇게 되면 정부의 정당성 자체가 흔들리게 된다.

알렉산드로 총장과 최치우는 백악관의 최종 결정을 기다리고 있었다.

어차피 빠져나갈 틈이 없는 외통수였다.

백악관에서 특수 기구 창설을 인정하는 도장을 찍으면 네오메이슨의 입지는 벼랑 끝으로 몰리는 셈이다.

멀게만 느껴졌던 그 순간이 성큼 다가온 것 같았다.

*　　　　　*　　　　　*

백악관 내부에 긴장감이 감돌고 있었다.

대통령 집무실은 마치 폭풍의 눈 같았다.

감히 미국 대통령을 근처에 두고 소란을 피울 만큼 간이 큰 사람은 없을 것이다.

그렇기에 백악관 안은 고요하고 잠잠했다.

하지만 집무실을 중심으로 언제 폭탄이 터질지 모른다.

물론 물리적인 폭탄을 의미하는 것은 아니다.

백악관 직원들, 나아가 미국 연방 정부와 각종 기관을 뒤집어놓을 법안에 대통령이 서명하기 직전이었다.

미국 대통령이 공식적으로 사인을 하면 엄청난 권한을 가진 특수 기구가 창립될 것이다.

UN이 주도해서 만들 특수 기구는 한시적으로 FBI와 CIA를 지휘할 수 있다.

목적은 오직 하나다.

아프리카의 반군들을 키우고 생화학무기를 지원한 배후가 누구인지 밝혀내기 위해서였다.

UN은 평화전쟁을 성공적으로 완수했고, 압도적인 여론과 명분을 무기 삼아 막대한 권한의 특수 기구 창설을 요구하고 있었다.

특수 기구는 미국 정부마저 성역 없이 조사할 게 분명했다.

백악관 입장에서도 부담스러운 일이다.

그러나 사인을 하지 않으면 국제사회와 여론의 비난이 미국 정부를 향하게 된다.

가뜩이나 범람하고 있는 음모론에 불을 붙여주는 격이다.

"사인을 하겠습니다."

"재고해 주십시오, 대통령님."

"다른 방법이 없습니다."

"우리가 왜 UN에 조사를 일임해야 합니까? 알렉산드로 사무총장은 여론을 빌미로 억지를 부리는 것뿐입니다."

대통령 집무실에서 두 사람이 서로 다른 주장을 꺼냈다.

수행비서와 경호원마저 모두 물린 집무실에는 마이크 페인스 부통령이 자리하고 있었다.

마이크 부통령은 침중한 얼굴로 대통령을 설득하려 애썼다.

"이대로 위대한 미국 정부의 주체성과 자율성을 훼손하시겠습니까? 비슷한 일이 있을 때마다 악용될 전례를 만들지 마십시오."

"무작정 시간을 끌다간 더 큰 대미지를 입을 겁니다. 중간선거가 3개월 뒤라는 걸 모르십니까!"

답답함을 느낀 대통령이 언성을 높였다.

세계 최강대국을 자부하는 미국의 2인자, 마이크 페인스 부통령도 한 걸음 물러설 수밖에 없었다.

'죽일까?'

네오메이슨을 이끄는 최고위층 하이 서클의 멤버인 마이크 부통령은 잠깐 깊은 갈등을 했다.

지금처럼 대통령과 완전한 1 대 1 미팅을 할 수 있는 기회는 거의 없다.

24시간 미국 대통령을 그림자처럼 지키는 비밀 경호국 요원들이 존재하기 때문이다.

만약 미국 대통령을 암살하려면 이 순간밖에 없다.

'아니, 아니지. 내가 의심을 받기 시작하면 더 위험해진다.'

마이크 페인스 부통령은 짧은 고민을 접었다.

네오메이슨의 첨단 무기를 사용하면 이 자리에서 곧바로 대통령을 죽일 수 있다.

문제는 뒷감당이다.

비밀 경호국은 마이크 부통령을 1순위 용의자로 올려놓을 것이고, CIA와 FBI의 정예들이 집중적으로 파고들면 네오메이슨과의 연결고리가 드러날지 모른다.

원래라면 꿈도 꾸지 않았을 생각이다.

그럼에도 마이크 부통령이 짧게나마 미국 대통령 암살을 고민한 것은 그만큼 평정심이 흔들렸다는 증거다.

네오메이슨은 아프리카 인구 말살 정책에 어마어마한 시간과 돈을 투자했다.

그런데 단 하루의 평화전쟁으로 모든 게 물거품이 되고 말았다.

그로 인해 네오메이슨이 입은 타격과 손해는 이루 말로 할 수 없다.

수백 년 넘게 세상을 알게 모르게 지배했다는 자존심에도 금이 갔다.

사실 금전적인 피해는 만회할 수 있고, 자존심도 회복하면 그만이다.

그러나 네오메이슨 조직의 실체가 드러나는 것은 차원이 다른 결과다.

금융을 기반으로 기득권을 나누며 세계 곳곳에서 음모를 꾸며왔던 네오메이슨이 뿌리째 뽑힐 수도 있다.

그간의 악행은 물론이고, 비열한 방식의 담합과 자본 약탈이 알려지면 하이 서클 멤버들의 사회적 지위는 땅으로 떨어질 것이다.

이럴 수도, 저럴 수도 없는 진퇴양난의 상황이다.

이제껏 네오메이슨을 이렇게까지 궁지로 몬 사람은 최치우밖에 없었다.

스슥— 스스슥—

마이크 부통령은 대통령이 친필로 사인하는 모습을 쳐다봤다.

"이것으로 미국 정부는 UN의 특수 기구 창설에 동의를 표하겠습니다."

대통령은 더 할 말이 없다는 듯 의자를 뒤로 돌렸다.

마이크 부통령은 주먹을 꽉 쥐며 이를 깨물었다.

'올림푸스… 최치우……'

하지만 분노해도 어쩔 수 없다.

새로운 시대를 부르는 역사의 강렬한 흐름은 이미 바뀌었다.

마이크 부통령을 비롯한 네오메이슨도 가만히 물러나지만은 않을 것이다.

그들의 저력을 우습게 볼 수 없다.

그러나 대세가 기울고 있는 것만은 분명해 보였다.

*   *   *

—백악관에서 서명을 했습니다.

"내부 반발이 극심할 줄 알았는데, 생각보다 빠르군요."

―대표님이 미리 작업을 해둔 덕분입니다.

"아닙니다. 총장님의 노력 덕분이죠."

알렉산드로 총장과 최치우는 국제전화로 덕담을 나눴다.

좋은 결과를 얻었기 때문에 통화 내용은 화기애애할 수밖에 없었다.

―그럼 대표님과 상의한 그대로 추진하겠습니다.

"궂은일 맡아주셔서 감사합니다."

―역사에 길이 남을 일, 내게 맡겨주어 거듭 감사드릴 따름입니다.

알렉산드로 총장의 말투는 극진하기 이를 데 없었다.

평화전쟁을 준비하고 실행하며 최치우의 진면목을 어느 정도 엿봤기 때문이다.

최치우가 나서지 않았다면 UN 최대의 업적으로 손꼽히는 평화전쟁은 없었을 것이다.

그럼에도 불구하고 최치우는 모든 공을 알렉산드로 총장에게 돌렸다.

물론 암암리에 최치우가 핵심이라는 소문이 퍼져 나갔지만, 공명심을 버리고 영광의 자리를 양보하는 건 쉬운 일이 아니다.

아무리 돈이 많아도 더 벌고 싶고, 아무리 유명해도 더 칭송받고 싶은 게 사람 마음이다.

그러나 최치우는 순간의 명예를 쌓는 대신 먼 미래를 내다봤다.

UN과 알렉산드로 총장이 주역이 되어야만 네오메이슨을 추적하는 특수 기구를 창설할 수 있다.

그렇기에 이미 차고 넘치는 명예쯤은 집착하지 않고 양보할 수 있었다.

최치우의 목표는 네오메이슨을 모조리 불태우는 것이다.

단순히 정의를 구현하기 위해서만은 아니다.

네오메이슨처럼 기득권을 꽉 쥐고 있는 과거의 권력이 사라지면 올림푸스와 같은 새로운 미래 세력이 거침없이 전 세계로 뻗어나갈 수 있다.

인류를 위해서도, 올림푸스를 위해서도 네오메이슨은 공존할 수 없는 적이다.

최치우는 특수 기구를 어떻게 구성할지 알렉산드로 총장과 미리 계획을 세워놓았다.

CIA와 FBI의 수사권까지 지휘할 수 있는 만큼 속전속결로 성과를 내는 최강의 기구를 만들어야 한다.

시간을 끌수록 네오메이슨의 몸통은 꼬리를 자르고 숨어들 것이다.

일단 지금의 위기만 넘기면 된다고 생각할 게 분명하다.

하지만 네오메이슨은 방대한 조직이다.

사람들은 베일에 싸여 있지만, 그들이 움직이는 돈의 규모가 너무 커졌다.

전 세계에 투자한 자금과 지분을 회수하는 건 간단한 일이 아니다.

세상 무엇보다 돈을 신봉하는 네오메이슨이 천문학적인 자산을 포기할 리 없다.

"내분이 일어나겠지. 탐욕의 끝은 언제나 배신이니까."

최치우는 네오메이슨이 UN 특수 기구의 추적을 피해 숨는 과정에서 배신자들이 나올 거라 확신했다.

잘나갈 때는 똘똘 뭉쳐도 위기에 처하면 금방 무너지는 게 이익집단의 본색이다.

네오메이슨은 종교적 광신도들의 모임을 닮았지만, 동시에 극단적으로 이익을 추구한다.

이번 기회에 그들의 추악한 본모습이 연달아 터져 나올 것 같았다.

"빨리 결단을 내렸으니 백악관에 상을 줘야지."

최치우가 사뭇 의미심장한 혼잣말을 읊조렸다.

세계 최강대국을 이끄는 백악관의 주인도 최치우가 그리는 그림 속 등장인물이다.

최치우의 보폭은 점점 넓어져 지구가 좁을 지경으로 발전하고 있었다.

7장
피스
메이
커

꼭 잡은 손에서 따뜻한 체온이 전달됐다.

어떤 것으로도 대신할 수 없는 느낌이다.

어느새 여름이 지나고, 가을도 훌쩍 저물어가고 있었다.

다시 찾아온 겨울이 은근슬쩍 모습을 드러내는 계절, 최치우는 추위를 걱정할 필요가 없었다.

단전의 심후한 내공이 추위와 더위를 물리치는 데 도움을 줘서가 아니다.

겨울의 한기를 녹이는 체온이 곁을 지켜주기 때문이다.

최치우에게 따스함을 전달해 주는 사람은 다름 아닌 유은서였다.

뉴욕에 도착한 최치우는 가장 먼저 유은서를 만났다.

"손만 잡았는데 14시간 비행의 피로가 풀리는 거 같다."

"나도 그래, 치우야. 오늘만 생각하면서 버텼어."

자주 보기 힘든 장거리 커플이기에 함께하는 시간이 더욱 소중하고 애틋할 수밖에 없었다.

"오늘 하루는 아무 일정도 안 잡았어."

"정말? 그래도 괜찮아?"

"가끔 이런 날도 있어야지. 하루 종일 데이트하자."

최치우가 웃으며 말했다.

남들이 보기에 최치우는 수십조의 자산을 가진 초현실적 부자다.

그래서 마냥 부러워하지만, 실상은 매일을 분초 단위로 쪼개며 살고 있다.

올림푸스와 퓨처 모터스의 사업만 관여해도 눈코 뜰 새 없이 바쁠 것이다.

하지만 최치우는 네오메이슨을 추적하는 UN의 특수 기구 활동부터 북한 비핵화 문제까지, 국제사회의 굵직한 이슈를 주도하고 있다.

그야말로 몸이 두 개라도 모자랄 수밖에 없는 셈이다.

오늘 뉴욕에 도착한 것도 일 때문이었다.

먼저 알렉산드로 사무총장으로부터 UN 특수 기구의 활동 내역을 듣고, 방향성을 의논해야 한다.

뿐만 아니라 이스라엘 모사드의 제2국장 라파엘도 만나기로 했다.

모사드는 평화전쟁에서 큰 힘이 되어줬다.

이제 최치우가 그들이 원하는 것을 들어줄 차례였다.

골치 아픈 일정을 마치면 곧바로 뉴욕에서 워싱턴으로 날아갈 계획이다.

아무도 모르게 백악관에 방문해 미국 대통령을 접견하는 약속이 잡혀 있다.

최치우는 대한민국 대통령을 비롯해 독일의 총리, 케냐 대통령 등 여러 정상을 만났다.

그렇지만 미국 대통령은 또 다른 느낌이었다.

명실공히 세계 최강대국을 이끄는 지도자를 직접 마주하는 것이다.

의례적이고 형식적인 만남도 아니다.

최치우는 미국 대통령이 간절하게 원하는 것을 줄 수 있다.

서로 동등한 위치에서 협상을 하려는 것이었다.

다들 이 세계에서 가장 영향력이 강한 사람을 미국 대통령이라 말한다.

최치우도 그에 준할 정도로 영향력이 커졌다.

눈에 보이는 재산만 중요한 게 아니다.

실질적으로 국제사회를 움직일 수 있는 파워는 돈에서만 나오지 않는다.

돈, 인맥, 명예, 인기, 경험 등등.

이루 헤아릴 수 없는 다양한 요소들이 종합되어 한 사람의 영향력이 되는 것이다.

그런 점에서 최치우의 영향력은 미국 대통령과 어깨를 견줄 만했다.

평화전쟁을 성공적으로 완수하고, UN의 특수 기구 창설을 주도한 것.

그리고 북한의 김정은 위원장을 독대한 다음 남북 정상회담을 성사시킨 것.

어느 하나 세계 역사에서 가볍게 다룰 수 없는 역사적 사건이었다.

최근의 행보를 돌아보면 최치우가 미국 대통령을 만나는 게 이상하지 않았다.

어쩌면 조금 늦은 감이 있었다.

사실 진즉 백악관에서 미팅이 이뤄졌어야 했을지 모른다.

이렇듯 최치우는 상상을 초월한 거물이 됐지만, 여자 친구인 유은서 앞에서는 다정한 남자 친구일 따름이었다.

하루를 통째로 비워 유은서와 데이트에 집중하려는 것만 봐도 알 수 있다.

한 번 헤어졌다가 다시 만났기 때문인지 최치우는 유은서를 유리구슬처럼 소중하게 여겼다.

"어디로 갈 거야?"

"예약해 둔 레스토랑이 있지. 이번에 새로 미슐랭에 오른 곳이라던데."

"바쁠 텐데 그런 건 언제 찾아봤어?"

"너랑 데이트하려고 준비를 좀 했지."

자신 있게 씨익 웃은 최치우가 유은서의 손을 잡고 성큼성큼 걸음을 옮겼다.

11월의 뉴욕은 벌써 심술궂은 날씨를 선보이고 있지만 두 사람 사이는 여전히 봄 같았다.

최치우도 오늘만큼은 복잡한 고민을 잊기로 마음먹었다.

'무려 7번의 환생을 거듭한 끝에 처음으로 깨달은 사실, 사랑하는 사람을 행복하게 만드는 일보다 중요한 것은 없다.'

누구도 듣지 못하지만 최치우는 진심으로 유은서에게 고마워하고 있었다.

그동안 알지 못했던 감정을 전해줬기 때문이다.

어머니에게도, 올림푸스를 함께 세운 동료들에게도 마찬가지다.

오직 자신밖에 모르던 최치우의 영혼은 현대의 지구에 이르러 비로소 성장하고 있었다.

*   *   *

뉴욕에서 다시 만난 모사드의 실질적인 리더 라파엘은 과연 놀라운 여자였다.

그녀는 최치우를 보자마자 대뜸 충격적인 말을 던졌다.

"백악관에서 1 : 1 미팅이 잡혔다고 들었어요. 어떤 내용인지 말해줄 수 있나요?"

어지간해선 눈 하나 깜빡하지 않는 최치우도 놀랄 수밖에 없었다.

미국 대통령과 최치우의 만남은 극비 중에서도 극비였다.

CIA에서도 미리 아는 사람이 거의 없다고 들었다.

그런데 미국 정보기관도 아닌, 이스라엘 모사드의 라파엘이 정보를 파악하고 있었다.

어쩌면 모사드가 은밀하게 CIA를 해킹하고 있다는 소문이 사실인지도 모른다.

최치우는 놀라움을 숨기지 않고 자연스레 대답했다.

"역시 모사드는 만날 때마다 감탄하게 만드는군요. 그래도 내용을 파악하지 못해서 다행입니다."

"그러게요. 대체 무슨 일로 백악관의 주인과 올림푸스의 CEO가 은밀하게 만날까… 도저히 알아낼 방법이 없었어요."

라파엘은 모사드의 한계 또한 순순히 인정했다.

최치우는 그녀를 바라보며 피식 웃음을 터뜨렸다.

라파엘의 겉모습에 현혹당하면 큰코다친다.

외모는 마치 축구선수 옆에 붙어 다니는 늘씬한 모델 같지만, 한창 젊은 나이로 세계 3대 정보기관을 이끌고 있는 괴물이 그녀의 실체다.

"불필요한 추측은 서로 사양하고, 본론으로 들어가는 게 어떻습니까."

"좋아요. 우리 모사드는 단 한 가지 가능성만 보고 아프리카에서 올림푸스를 도왔어요. 그 결과 평화전쟁이 하루 만에 성공적으로 끝날 수 있었죠."

"이제 그 보상을 받을 차례다?"

"우리가 보상을 주고받는 관계로 거래를 하진 않았잖아요? 파트너에 걸맞은 예의를 원할 뿐이에요."

라파엘의 말은 자못 의미심장했다.

모사드와 올림푸스의 사이를 훨씬 깊게 정의 내린 것이다.

일회성 거래가 아닌, 지속적인 파트너십을 원한다는 뜻이었다.

최치우로서도 나쁠 게 없는 제안이다.

현대 사회의 가장 큰 무기는 바로 정보다.

최치우는 돈을 주고 어나니머스를 움직일 수 있고, 미국의 펜타곤과 CIA, 영국의 MI6와도 우호적인 인연을 쌓아놓았다.

그러나 무기는 많으면 많을수록 좋다.

가장 독종으로 알려진 모사드와 손을 잡아서 나쁠 게 하나도 없다.

어차피 100% 진심 어린 동맹이 아니라는 건 라파엘도 알고, 최치우도 알고 있다.

그저 결정적인 배신을 하지 않고, 필요할 때 서로 힘을 빌려주는 관계.

그만하면 더 바랄 게 없다.

"백악관을 다녀오면 내가 모사드, 아니, 이스라엘에 주는 선물이 뭔지 알게 될 겁니다."

"미국 대통령과 우리 이스라엘에 대해서도 이야기를 할 계획인가요?"

예상 밖의 말을 들은 라파엘이 눈을 크게 떴다.

정보기관의 수장답지 못하게 순간적으로 표정을 드러낸 것이다.

물론 이것마저 고도로 계산된 행동일지 모른다.

최치우는 고개를 끄덕이며 뜸 들이지 않고 대답했다.

"그동안 이스라엘은 중동 국가들의 반대로 아프리카와 수교하지 못한 경우가 많다고 들었습니다."

"맞아요. 우리의 영향력이 확대되는 것을 반기지 않죠."

"미국과 UN이 동시에 협조해서 케냐, 남아공을 필두로 아프리카 주요 국가에 이스라엘 대사관이 들어서고 정식으로 국교를 맺도록 추진하겠습니다."

"······!"

라파엘이 눈을 크게 떴다.

이번은 절대 계산된 연기가 아니다.

순수하게 놀란 것이다.

최치우는 아무렇지 않은 듯 가볍게 툭 말했지만, 실로 엄청난 선물을 이스라엘에 안겨준 셈이었다.

이스라엘은 국제사회의 외톨이나 다름없다.

유대인들의 어마어마한 자금력과 미국의 지원을 바탕으로 콧대를 높이지만 외교 무대의 왕따라는 사실은 변하지 않는다.

그렇기에 정상 국가로서 많은 나라와 국교를 맺고 발언권을 높이는 것은 이스라엘의 숙원 중 하나다.

최치우는 그들의 오랜 목표를 해결할 수 있는 길을 터줬다.

라파엘은 최치우의 약속을 의심하지 않았다.

그녀는 누구 못지않게 최치우에 대한 정보를 많이 수집했다.

26살의 한국 청년이 마음만 먹으면 독일 총리와 UN 사무총장을 움직이고, 나아가 미국 대통령의 마음까지 사로잡을 거란 사실을 믿을 수밖에 없었다.

"평화전쟁에 협력한 대가로는 너무 많은 걸 주는 게 아닌가요?"

라파엘의 솔직한 물음이 최치우를 미소 짓게 만들었다.

"솔직히 그렇습니다만, 조만간 모사드에서 나를 위해 땀 흘릴 일이 있을 겁니다."

"제2국장으로서… 그때가 오면 성심을 다하겠다는 약속을 드리죠. 야훼의 이름으로."

라파엘은 유대교의 유일신 야훼를 언급했다.

다음에 최치우가 무슨 부탁을 하더라도 목숨 걸고 돕겠다는 뜻이다.

최치우는 만족한 얼굴로 자리에서 일어났다.

"이쯤에서 헤어집시다. 워싱턴에 가야 해서."

"좋은 소식을 기다리고 있을게요. 그리고 우리 수상께서 만나고 싶어 하세요."

"천천히 시간을 잡아봅시다."

"네."

누가 들으면 깜짝 놀랄 일이었다.

이스라엘 수상이 만나자는데 최치우는 여유롭게 시간을 갖자고 대답했다.

짧은 대화에서도 최치우의 국제적 위상을 실감할 수 있었다.

"가호가 함께하기를, 샬롬."

"샬롬."

최치우는 라파엘의 축복을 들으며 몸을 돌렸다.

다음 행선지는 백악관이다.

*   *   *

미국 정치는 매우 복잡한 이해관계로 얽혀 있다.

얼핏 보기에는 공화당과 민주당의 양당 체제로 보일지 모른다.

그러나 공화당 안에는 수많은 세력이 존재하고, 민주당도 마찬가지다.

8년 만에 공화당 출신으로 정권을 잡은 현직 미국 대통령은 주류와 거리가 멀다.

반면 마이크 페인스 부통령은 네오콘 출신이다.

군수업체, 총기 업체, 그리고 미군의 절대적 지지를 받는 마이크 부통령은 공화당의 주류이자 최고 실세였다.

그에 반해 대통령은 아웃사이더나 다름없다.

국민들의 지지를 등에 업고 있지만, 정치적으로는 민주당과도 싸우고 공화당에서도 견제를 받는 처지다.

그래서일까.

일각에서는 현직 미국 대통령이 재선에 성공하지 못하고 4년의 임기만 채울 거라는 관측이 제기되고 있었다.

몇 개월 앞으로 다가온 중간선거는 그만큼 중요해졌다.

대통령의 인기가 여전한지 가늠하는 중요한 척도가 될 것이기 때문이다.

만약 중간선거의 결과가 나쁘면 공화당 주류와 네오콘은 대통령에게 반기를 들 가능성이 높다.

이토록 엄중한 상황에서 대통령이 전격적으로 최치우를 만나게 된 것이다.

안이 보이지 않는 검정색 방탄 리무진을 타고 백악관에 들어선 최치우는 대통령 집무실로 안내를 받았다.

비밀스러운 미팅이기 때문일까.

복잡한 절차 없이 금방 미국 대통령을 마주하게 될 것 같았다.

"모시겠습니다."

미국 비밀 경호국 국장이 최치우를 안내했다.

공식적인 방문이라면 당연히 백악관 비서들이 안내를 맡았을 것이다.

하지만 철저히 비공개로 진행되는 만남이기에 비밀 경호국이 나섰다.

비밀 경호국은 CIA나 FBI보다 더 알려진 게 없는 조직이다.

미국 대통령을 지키는 최후의 보루답게 국장부터 기세가 남달랐다.

인간계 최강이라 불리는 리키와 싸움을 붙여도 쉽게 밀릴 것 같지 않았다.

'역시… 이 세계의 1인자를 지키는 책임자답군.'

비록 4년, 혹은 8년의 임기가 있지만 미국 대통령은 부정할 수 없는 세계의 1인자다.

최치우는 그를 만나러 걸어가며 각오를 되새겼다.

'나는 8년짜리 1인자가 아닌, 인류 역사에 영원히 기억될 불멸의 1인자가 되겠어.'

결코 황당하다고 코웃음 칠 수 없는 다짐이었다.

그런 포부를 품은 당사자가 다른 사람이 아닌 최치우이기 때문이다.

그는 불멸의 1인자라는 목표를 향해 꾸준히, 그리고 과감하게 달려가고 있었다.

미국 대통령과의 만남도 과정이 될 것이다.

"반갑습니다."

문이 열리고, 중후한 목소리가 들려왔다.

미국 남부 출신 특유의 영어 악센트가 느껴졌다.

최치우는 미국 대통령의 두툼한 손을 맞잡으며 미소를 지었다.

또다시 세상을 바꿀 담판을 지을 시간이었다.

*   *   *

"어떻게 됐어?"

뉴욕으로 돌아온 최치우는 다시 유은서를 만났다.

유은서는 최치우를 꼭 껴안으며 질문을 던졌다.

그녀는 최치우가 백악관에서 남몰래 미국 대통령을 만났다는 사실을 아는 극소수의 사람 중 한 명이다.

당연히 비밀 회동의 결과가 궁금할 수밖에 없다.

최치우는 미소를 지으며 한쪽 눈을 찡긋거렸다.

"말이 통하는 사람이었어."

유은서는 새삼 놀란 가슴을 쓸어내렸다.

무려 미국 대통령을 만나고 돌아와서 이렇게 말할 수 있는 사람이 몇이나 될까.

최치우는 세계 최강대국의 지도자를 만났지만 조금도 위축된 모습이 아니었다.

백악관에서도 마찬가지였다.

이 세계에 그를 위축시킬 수 있는 사람은 없다.

따지고 보면 당연한 일이다.

최치우의 영혼은 신의 대리인 아바타 앞에서도 당당했었기 때문이다.

"좀 더 자세히 말해줘."

"나는 그가 원하는 걸 주기로 했고, 그는 내가 원하는 걸 주기로 했지."

선문답 같지만 협상과 거래의 기본이다.

서로가 원하는 것을 주고받아야 관계가 이어진다.

그런 점에서 최치우와 미국 대통령은 주고받을 게 확실히 있었다.

최치우는 백악관에서의 만남을 떠올렸다.

"네오메이슨. 그들은 지금까지 미국의 이익에 반하는 짓을 벌이지 않았습니다. 금융의 힘으로 기득권을 유지하는 것은 솔직히 미국에게 도움이 되는 일이기도 했고. 그러나 이제… 위대한 조국을 넘어서려는 것을 두고 볼 수는 없습니다."

미국 대통령은 솔직했다.

그는 네오메이슨에 대해 알고 있었다.

어쩌면 최치우보다 더 많은 정보를 갖고 있는지 모른다.

미국 대통령의 말대로 네오메이슨은 미국의 이익을 위배하지 않았었다.

그렇기에 초강대국 미국의 적이 되지 않고 조직을 유지할 수 있었다.

하지만 자본과 힘이 너무 커졌고, 미국 정부를 넘어서 세계를 마음대로 좌우할 생각을 품으며 문제가 달라졌다.

잘못하면 미국 대통령이 네오메이슨에 놀아나는 허수아비가 될 수도 있다.

그들이 제어할 수 없는 권력을 가지기 전 싹을 잘라야 한다.

이미 싹이라고 부르기엔 너무 많이 자라나 거대한 나무가 됐다.

최치우와 미국 대통령은 네오메이슨을 제거하겠다는 공통의 목표를 가지고 있었다.

그렇기에 나머지 자잘한 부분은 통 크게 양보하는 게 가능했다.

"미국 정부가 네오메이슨을 축출하는 데 앞장선다면⋯ 북미 정상회담을 성사시키겠습니다."

최치우의 제안은 대담했다.

남북 정상회담에 이어 역사상 최초의 북미 정상회담을 카드로 내민 것이다.

미국 대통령을 상대로 허풍을 떨 수는 없다.

최치우는 김정은 위원장을 설득할 자신이 있었다.

소울 스톤 발전소를 비롯한 에너지 자원 개발은 무엇보다 강력한 카드다.

안정적인 전력 수급이 절실한 북한은 올림푸스의 투자를 간절히 원하고 있다.

미치광이로 알려진 김정은은 사실 냉정하게 실리를 챙기는 계산적 인물이다.

그는 최치우가 제시한 로드맵이 최선이라는 걸 알고 있었다.

최치우는 북한과 대한민국, 그리고 미국 사이에서 게임을 주도하는 중이었다.

"북한과 정상회담⋯ 만약 그들이 핵을 포기할 의사가 있다면 언제든 환영입니다."

미국 대통령은 최치우의 제안을 외면하지 못했다.

중간선거가 코앞으로 다가왔다.

역사상 최초의 북미 정상회담을 하고 나면 그것만으로 선거에 큰 도움이 될 것이다.

만약 비핵화라는 과실까지 얻어낸다면 대통령 선거 재선도 따놓은 당상이다.

정치적 입지가 불안정한 미국 대통령 입장에서는 도저히 거부할 수 없는 카드였다.

대통령은 포커페이스를 유지하고 있지만 최치우는 그가 몸이 달았음을 느꼈다.

"완전한 비핵화, 이후 대북 제재 해제와 경제 지원까지 가려면 정상회담이 끝나고 최소 1년 이상은 걸릴 겁니다."

"미국은 북한이 핵을 포기하기 전엔 어떤 것도 주기 힘듭니다."

"그러니 중간에 계단 하나만 놓으면 어떻겠습니까?"

"계단?"

"대북 제재는 그대로 유지하되 단 하나의 예외를 두는 겁니다. 북한이 핵을 포기하는 전제로 협상 테이블에 나올 수 있도록 당근을 주는 것이죠."

"우선 들어나 봅시다."

"소울 스톤 발전소를 북한에 짓는 겁니다."

"……!"

미국 대통령이 눈을 크게 떴다.

소울 스톤 발전소는 전 세계의 관심을 받는 뜨거운 감자다.

지금도 물밑에서 발전소를 유치하기 위해 여러 나라의 경쟁이 치열하다.

한국, 독일에 이어 케냐가 소울 스톤 발전소를 품으면서 주목을 받았다.

그런데 이번에는 북한이다.

실현이 된다면 정치적으로도 엄청난 파장을 낳을 일대 사건이다.

"소울 스톤 발전소는 올림푸스에서 직접 관리하지 않으면 사용이 불가능합니다. 따라서 생산된 모든 에너지를 군부대가 아닌 민간 영역에만 사용하도록 강제할 수 있습니다."

"인도적 차원이라는 핑계를 댈 수 있겠습니다."

"그렇습니다. 또 북한이 비핵화 조치를 이행하지 않을 경우 올림푸스는 언제든 소울 스톤 발전소를 폐쇄하겠습니다. 북한에게 당근을 주는 동시에 족쇄를 거는 겁니다."

"그게 말처럼 쉽게 되겠습니까?"

"이 세상에서 소울 스톤을 다룰 수 있는 사람은… 제가 유일합니다."

긴말이 필요 없었다.

소울 스톤을 최초로 발견해 세상에 알린 사람도, 발전소를 짓고 에너지를 만드는 사람도 최치우다.

잠시 고민에 빠졌던 미국 대통령은 결국 고개를 끄덕였다.

"김정은 위원장에게 소울 스톤이라는 목줄을 달아줍시다."

"결단에 감사드립니다. 북미 정상회담은 최대한 빠른 시일 안에 성사될 겁니다, 대통령님."

"좋은 소식 기다리고 있겠습니다. 네오메이슨을 처리하는 부분도."

"CIA와 FBI의 협조 덕분에 조사가 원활하다고 들었습니다."

"꼬리를 자르고 숨으려 할 텐데… 이번 기회를 놓치면 곤란해질 겁니다."

"반드시 뿌리를 뽑겠습니다."

최치우와 미국 대통령이 서로를 쳐다봤다.

영웅은 영웅을 알아보는 법이다.

굳이 말로 설명하지 않아도 두 사람은 서로를 알아봤다.

가는 길은 다르지만, 미지의 영역을 개척하는 것은 비슷했다.

"치우야!"

"응? 미안. 잠깐 다른 생각을 했어."

최치우는 유은서의 목소리를 듣고 회상에서 벗어났다.

백악관에서 미국 대통령을 만난 것은 현대에 환생해서 손에 꼽는 경험이었다.

덕분에 강한 확신이 생겼다.

세계 최강대국을 이끄는 지도자보다 더 많은 영향력을 끼치는 인물이 될 수 있다는 자신감을 얻은 것이다.

'머지않았다. 이제 곧.'

최치우는 누구도 부정할 수 없는 세계의 정점에 서는 순간이 다가오고 있음을 느꼈다.

경제, 정치, 그리고 명예와 인기, 무력까지.

모든 부분을 종합했을 때 지구의 인류를 대표하는 단 한 사람은 바로 최치우가 될 것이다.

그 순간이 오면 아바타가 신의 메시지를 들고 나타날까.

과연 8번째 환생을 되풀이하게 될까.

최치우는 미래에 대한 궁금증을 억누르고 유은서의 손을 꽉 잡았다.

현실에 충실하지 못하는 것보다 미련한 일은 없다.

유은서와 나란히 뉴욕 시내를 걸어가는 최치우의 모습이 무척 평화로워 보였다.

*   *   *

"그동안 참 많이도 해먹었군."

서울에 도착한 최치우는 극비 보고서를 검토하며 혀를 찼다.

보고서는 UN의 특수 기구에서 3중의 보안 메일로 전달된 것이었다.

네오메이슨이 움직이는 게 확실한 기업과 펀드를 정리하고, 핵심으로 추정되는 사람들을 간추린 보고서의 신뢰도는 무척 높은 편이다.

특수 기구의 자체 조사는 물론이고, CIA와 FBI에서 더블 체크를 마친 내용이었다.

이 보고서를 토대로 UN과 미국 정부는 네오메이슨을 박멸하는 데 앞장설 것이다.

단순히 네오메이슨이라는 이유로 불이익을 줄 수는 없다.

그러나 금융기관이 담합을 통해 이익을 봤다면 법 위반으로 중형에 처할 수 있다.

뿐만 아니라 주가 조작, 탈세, 불법 환치기 및 자금 세탁, 배임, 횡령, 경영 방해 등 적용할 수 있는 혐의가 무궁무진하다.

한번 실체가 드러나자 수많은 범죄가 굴비처럼 줄줄이 엮여 나왔다.

네오메이슨은 최대한의 이득을 보기 위해, 그리고 금융 기득권을 유지하기 위해 온갖 악행과 편법을 저질러 왔다.

그들에게 노블레스 오블리주는 먼 나라 이야기다.

기본적인 윤리 개념부터 일반적인 상식과는 완전히 달랐다.

70억 인구가 살아가는 지구를 오직 네오메이슨의 부귀영화를 위한 놀이터로 여겼던 것이다.

"하이 서클, 이들을 무너뜨리면 네오메이슨은 몰락한다."

최치우는 곳곳에서 수집한 정보를 토대로 네오메이슨의 핵심을 파악했다.

극소수의 하이 서클이 네오메이슨을 움직이는 알파와 오메가였다.

천하의 에릭 한센마저 미드 서클이었다는 게 놀라웠다.

그만큼 하이 서클 멤버는 얼마 되지 않았다.

100% 검증이 끝난 인원만 살펴봐도 혀를 내두를 수밖에 없었다.

펜타곤 출신의 천재 과학자 론 폴, 온라인 결제 시스템으로 일약 억만장자가 된 시몬 드로빅스, 굴지의 석유 회사를 소유한 중동의 왕족 마셰르 알 자이크.

이렇게 세 사람만 잡아넣어도 전 세계가 뒤집힐 것이다.

특히 론 폴은 네오메이슨의 자금력을 바탕으로 단기간에 인구를 말살시킬 수 있는 신종 무기를 개발하고 있었다.

아프리카 인구 말살 정책은 1회성 프로젝트가 아니었다.

네오메이슨은 언제든 지구의 인구를 마음대로 조절하려는 야욕을 품은 것이다.

"과학자와 재벌들… 그리고 정치인과 국제기구의 최고위급 실세들까지."

론 폴, 시몬 드로빅스, 마셰르 알 자이크처럼 100% 확실한 것은 아니지만 네오메이슨 하이 서클로 의심 가는 사람들이 더 있었다.

마이크 페인스 미국 부통령도 요주의 인물이었다.

미국 공화당 주류이자 네오콘을 대표하는 강경파 마이크 부통령은 군수업체와 네오메이슨을 연결하는 중책을 맡은 것 같았다.

"부통령이 하이 서클 멤버인 게 사실이라면… 공화당 전체가 새롭게 재편될 수 있겠군."

만약 마이크 펜스 부통령이 네오메이슨인 게 밝혀져 처벌을 받으면 공화당 주류는 일선에서 물러날 수밖에 없다.

그렇게 되면 누가 가장 이득일까.

민주당이라 생각하면 너무 단순한 계산이다.

최치우는 미국 대통령을 떠올렸다.

그는 공화당 출신이지만 아웃사이더다.

주류가 물러난 자리를 새롭게 차지하며 공화당을 장악할 게 분명했다.

"확실히 우린 같은 목표를 갖고 있어. 적어도 이번만큼은. 적의 적은 친구니까."

최치우와 미국 대통령이 언제까지 손을 잡을지 아무도 장담할 수 없다.

그러나 네오메이슨이라는 공공의 적이 살아 있는 동안 두 사람은 연합군을 형성할 필요가 있다.

탁!

최치우가 책상을 가볍게 내려치며 자리에서 일어났다.

다음 스케줄을 위해 직접 움직일 차례다.

네오메이슨을 추적하고 소탕하는 실무는 UN 특수 기구에서 훌륭하게 소화하고 있다.

최치우는 한발 앞서 더 큰 그림을 그리는 사람이다.

미국과 한국 두 대통령과의 약속을 지키려면 한시가 바쁘다.

동시에 올림푸스를 영원불멸의 역사적인 기업으로 만드는

일이기도 하다.

"호랑이 굴로 들어가자."

최치우는 또다시 평양에 찾아가 김정은을 만날 것이다.

북미 정상회담, 비핵화 프로세스, 소울 스톤 발전소의 건립까
지.

이번에는 평양 조선노동당을 발칵 뒤집어놓을 시간이었다.

8장

어둠을 빛으로

북한은 어둠의 땅이다.

수만 명의 사람들이 정치범으로 내몰려 수용소에 갇혀 있고, 수십만 명이 극빈층의 삶을 살아간다.

물론 북한 정부는 평양과 개성의 모습을 외부에 공개하며 자신들도 잘사는 정상 국가라 주장한다.

하지만 평양이나 개성에 들어갈 수 있다는 것 자체가 특권층이라는 뜻이다.

두 도시가 아닌 북한 시골의 삶은 그야말로 처참하다.

최근 강력한 대북 제재로 전력 수급이 어려워지며 평양에서조차 밤에 전등을 켜는 게 어려워졌다.

젊은 지도자 김정은의 정치적 배경이 되어준 평양 시민들의 불만도 점점 커지고 있었다.

이대로 가면 김정은의 권력은 종이호랑이처럼 약해질지 모른다.

백두혈통이라는 상징성이 아무리 중요하다고 해도 현실 정치는 냉정한 법이다.

북한도 조금 특수할 뿐, 예외는 없다.

민심이 집단적으로 등을 돌리면 반란을 꿈꾸는 세력이 생기게 마련이다.

군부가 들고 일어설 수 있고, 김일성종합대학 출신의 노동당 정치 엘리트들이 실권을 잡으려 들지 모른다.

이제는 김정은도 과감한 결단을 내려야 하는 상황이다.

벼랑 끝에 몰렸다는 사실을 본인도 잘 알고 있었다.

끝까지 핵을 지키며 핵보유국으로 인정받는 도박에 모든 것을 걸지, 아니면 핵을 포기하면서 북미 수교를 통해 개방과 경제발전으로 노선을 변경할 것인지.

물론 어느 하나 쉬운 선택은 아니다.

핵을 고집하면 대북 제재는 더욱 강력해질 것이고, 끝내 미국이 나서서 북한을 공격할 수 있다.

대대적인 전면전이 아닌 정밀 폭격은 충분히 가능한 시나리오다.

어차피 미국은 김정은만 제거하면 북한 정부를 장악할 수 있다는 믿음을 갖고 있다.

그렇다고 해서 비핵화와 개혁 개방이 쉬운 선택인 것도 아니었다.

돈은 양면성을 지닌 위험한 물질이다.

세계 역사를 돌아보면 경제발전은 반드시 민주주의를 불러왔다.

개혁 개방의 급물살은 정부에서 쉽게 컨트롤할 수 있는 성질이 아니다.

만약 잘 먹고 잘살게 된 북한 주민들이 민주주의를 요구하게 된다면, 아무리 3대에 걸친 세뇌 작업을 해놓았어도 독재 정권 유지를 장담할 수 없다.

아랍의 봄까지 생각하지 않아도 바로 옆 대한민국의 민주화 역사만 살펴보면 답이 나온다.

서슬 퍼런 독재 정권도 민주주의라는 열망 앞에서 모래성처럼 무너지고 말았다.

과연 북한이라고 다를 수 있을까.

결국 핵을 선택하든 경제를 선택하든 김정은의 미래는 장담하기 어렵다.

진퇴양난(進退兩難)이라는 말을 쓸 수밖에 없는 상황이다.

사실 3대에 걸쳐 세습과 독재가 이뤄졌다는 것부터 비정상이었다.

영원한 독재국가는 존재할 수 없다.

인정하기 싫어도 지금부터 그 이후를, 미래를 준비해야 할 시기다.

처억—

김정은은 고개를 들어 눈앞에 마주 앉은 남자를 쳐다봤다.

고작 26살의 나이.

어린 지도자라고 불리는 자신보다 몇 살은 더 어린데 이미 세계를 좌우하는 남자.

개인 자산만 수십조 원이 넘는다고 알려졌고, 한 번의 결정으로 수백 조의 부가가치를 창출할 수 있는 비즈니스맨.

뿐만 아니라 주요 국가의 대통령과 UN 사무총장을 1 : 1로 만나는 정치력, 100m 달리기 세계신기록을 경신하는 육체 능력, 그리고 드넓은 지구 어디를 가나 환영받는 인기까지.

모든 걸 가졌다고 표현할 수밖에 없는 남자, 그가 바로 최치우였다.

최치우는 평양의 조선노동당 본관에 혼자 들어와 있었다.

다시 한번 김정은과 독대를 하게 된 것이다.

지난 만남은 평양 특사단 방북 일정을 소화하며 이뤄진 것이었다.

그러나 이번은 다르다.

사전 조율부터 수면 아래에서 은밀하게 진행됐다.

최치우는 백악관에서 미국 대통령의 친서를 받았고, 김정은은 그를 만나지 않을 도리가 없었다.

"참으로 신기한 일이오. 미국 대통령의 친서를 남조선 대통령이 아니라 최치우 동무가 들고 오고, 아니 그렇소?"

친서를 읽고 침묵을 지키던 김정은이 입을 열었다.

최치우는 그의 눈을 똑바로 응시하고 있었다.

피차 시간 낭비를 좋아하지 않는다는 것은 지난 만남에서 확인했다.

최치우는 김정은의 질문에 대답하지 않았다.

뭐라고 말을 해봐야 대한민국 대통령의 존재감을 약화시키는 꼴밖에 안 된다.

괜히 무의미한 대화로 말실수를 남길 필요는 없다.

그보다 본질적인 결단을 촉구하는 게 낫다.

도와줄 사람 하나 없는 북한의 중심지에서 최치우는 누구도 하지 못할 말을 꺼냈다.

"위원장께서 어떤 결단을 내렸는지 알고 싶습니다. 핵입니까, 경제입니까?"

핵심을 관통하는 질문이었다.

하지만 북한에서 김정은에게 이런 식으로 답을 요구할 수 있는 사람은 아무도 없다.

설령 북한의 2인자로 거론되는 김영철이나 황병서, 최룡해라 하더라도 즉결 심판을 당할 것이다.

최치우는 방금 북한 최고 존엄에 대한 신성모독을 한 셈이었다.

꽈악—

아니나 다를까, 김정은이 살이 붙은 두 주먹을 세게 움켜쥐었다.

그의 눈썹이 불쾌함으로 꿈틀거리는 것도 보였다.

집무실 곳곳에 숨어 있는 비밀 경호원들은 김정은의 말 한

마디면 잽싸게 튀어나와 기관총을 갈길 것이다.

물론 최치우는 북한의 비밀 경호원 따위를 조금도 두려워하지 않았다.

이미 날카로운 감각으로 그들의 위치와 병력을 다 파악했고, 마음만 먹으면 조선노동당 본관을 혼자서 불태울 자신도 있었다.

남들은 모르지만 지금 목숨이 위험한 쪽은 최치우가 아닌 김정은이다.

최치우는 금강나한권과 아랑권을 대성하고, 7서클의 마법을 자유자재로 펼칠 수 있다.

그가 김정은을 죽이고 북한을 안전하게 탈출하는 확률이 결코 낮지만은 않을 것이다.

"핵을 포기하고 경제를 선택하면 그다음은 뭐가 될 것 같소?"

김정은은 최치우의 질문에 또 다른 질문을 덧붙였다.

길길이 날뛰거나 화를 내지 않았다.

미치광이라는 김정은의 캐릭터는 다분히 의도된 연출이었다.

실제 미치광이라면 북한이라는 나라를 통치할 수 없다.

군부의 노괴들을 다스린 것은 김정은에게 그만한 정치적 역량이 있기 때문이다.

최치우는 김정은의 고민을 정확히 꿰뚫어 보고 있었다.

"솔직하게 말해도 되겠습니까?"

"안 솔직할 것은 또 뭐요. 내래 최 동무를 아오지에 보내갔어, 총살을 시키갔어? 마음 툭 놓고 말해보라우."

김정은도 최치우의 말에 귀를 기울이겠다는 태도를 보였다.

어찌 보면 당연한 일이다.

최치우는 미국 대통령을 만나 친서를 받아 왔다.

미국과 북한, 대한민국을 연결하는 가교 역할을 하는 사람이었다.

혹시 최치우가 잘못되면 북한은 미국과 소통할 수 있는 통로를 잃는 것이나 마찬가지다.

한 가지 옵션이라도 더 필요한 상황에서 김정은이 스스로 귀중한 선택지를 자를 리 없다.

최치우는 김정은의 눈을 정면으로 쳐다보며 독한 대답을 쏟아냈다.

"핵을 선택해도, 경제를 선택해도 위원장의 미래를 100% 보장받기는 어렵습니다."

"……."

최치우는 입에 발린 소리를 하지 않았다.

어차피 김정은도 계산을 마쳤을 것이다.

감언이설로는 잠시 잠깐 사람을 속일 수 있지만, 완전한 설득을 이끌어낼 수는 없다.

"그러나 핵을 선택하면 어두운 미래가 펼쳐질 확률이 100%입니다. 핵보유국의 환상은 버리는 게 좋습니다."

최치우가 품 안으로 손을 넣었다.

철저한 보안 검사를 마쳤기에 총이나 흉기를 꺼낼 가능성은 전혀 없었다.

그럼에도 김정은은 어깨를 움찔했다.

365일 24시간 일신의 안위를 걱정하며 살아가는 처지이기 때문이다.

삼천궁녀 대신 기쁨조를 거느린 북한의 황제이지만, 매일 암살 위협에 노출된 신세다.

최치우는 어쩔 수 없는 비웃음을 참으며 사진 한 장을 건넸다.

"CIA에서 받은 사진입니다."

권총 따위와는 비교할 수 없이 강력한 파괴력을 담은 사진이었다.

"여, 여기는… 특각 아니오?"

오죽하면 김정은이 말을 더듬었다.

특각은 북한 지도자들의 비밀 별장이다.

북한 전역에 여러 특각이 세워져 있지만, 정확한 위치와 구조는 베일에 싸여 있다.

김정은도 머리를 식힐 때 자주 찾는 특각이 있었다.

CIA의 사진은 바로 그 특각을 찍은 것이었다.

스텔스 정찰기가 북한 영공으로 침입해 레이더 사진을 찍고 돌아간 것이다.

만약 정찰기 말고 폭격기가 들어와 특각에 폭탄을 투하했다면 어떻게 됐을까.

김정은의 얼굴에서 유전이 터진 듯 식은땀이 줄줄 흐르고 있었다.

"미국은 이미 준비를 마치고 있습니다."

쾅―!

김정은이 탁자를 거세게 내려쳤다.

육중한 체중이 실려 요란한 소리가 울렸다.

최치우는 집무실 안팎의 비밀 경호원들이 동요하는 기척을 느꼈다.

그러나 불안하지 않았다.

탁자를 치고 위세를 과시하는 것은 김정은이 코너에 몰렸다는 뜻이다.

여유는 강자의 특권이다.

반면 초조함과 불안함은 약자라는 것을 증명하는 셈이다.

동물만 봐도 맹수는 함부로 짖지 않는다.

뜻밖의 사진을 보고 패닉에 빠진 김정은은 마음 깊이 동요하고 있었다.

"미국의 역도 패당들이 무력으로 위협한다면, 우리도 완성된 핵 무력을 쓰갔어! 지금이라도, 지금이라도 쓸 수 있단 말이오!"

"아직 제 이야기는 끝나지 않았습니다."

최치우는 차분하고 담담한 어조로 김정은을 진정시켰다.

놀라지도 않았고, 맞받아치며 같이 흥분하지도 않았다.

마치 선생님이 어린 학생을 다독이는 듯한 태도였다.

한바탕 씩씩거린 김정은이 숨을 헐떡이며 최치우를 바라봤
다.

뿔테 안경 너머 불안하게 흔들리는 눈빛이 고스란히 노출됐
다.

표현은 저렇게 거칠게 해도 살아날 방법을 알려달라는 마음
의 외침이 들렸다.

"핵을 선택하면 어두운 미래가 펼쳐질 확률이 100%라고 했
습니다. 그러나 경제를 선택하면… 어두운 미래가 펼쳐질지, 아
니면 밝은 미래가 펼쳐질지 위원장께서 하기 나름입니다."

"그것은 또 무슨 말이오? 자본주의 물결이 들어오면 나라가
뒤집히는 것은 시간문제 아니갔소?"

"베트남은 어떻습니까? 베트남이 마음에 차지 않는다면 북한
의 혈맹인 중국을 보면 되지 않습니까?"

"고것은……."

김정은의 말문이 막혔다.

극소수이기는 해도 개혁 개방으로 경제를 발전시키며 일당
독재를 유지하는 국가들이 있기 때문이다.

"싱가포르도 있습니다. 리콴유는 26년 동안 집권하며 경제발
전을 이뤘고, 그의 장남인 리셴룽이 총리가 된 다음에도 90세
가 다 되도록 선임 장관으로 나라를 통치했습니다. 죽어서까지
국부로 추앙받고 있죠. 리콴유의 길을 걸으면 되는 것 아닙니
까? 자신이 없으십니까?"

"리콴유의 길… 싱가포르……."

"다른 길은 없습니다. 경제를 선택해야 밝은 미래를 여는 가능성이 조금이라도 생길 겁니다."

"하나 우리 군부의 생각은 또 달라서 시간이 많이 걸릴 것이오."

"소울 스톤 발전소가 들어서 전력 문제를 해결한다면 주민들이 열렬히 환영할 것이고, 군부의 강경파들도 조용해질 수밖에 없겠죠."

김정은이 상체를 앞으로 내밀었다.

그만큼 소울 스톤 발전소가 초미의 관심사이기 때문이다.

"그런데 미국이 가만두고 보겠어? 비핵화 검증이 다 끝나야 제재를 풀라고 들 거이 불 보듯 뻔한 사실이고, 중국도 별 힘을 못 쓰지 않소."

"미국 대통령의 약속을 받았습니다. 북한이 완전한 비핵화에 합의하면 소울 스톤 발전소 건립을 즉시 허가해 줄 겁니다."

"고거이 정말이오?"

"사실입니다. 진실 여부는 북미 정상회담에서 직접 확인하시죠."

"조미수뇌회담을 가져라?"

"그게 순서 아닙니까?"

"고렇지, 고거야 고렇지."

김정은이 두꺼운 목을 움직이며 고개를 끄덕거렸다.

최치우는 회심의 미소를 지었다.

그는 김정은의 안위를 걱정하지 않았다.

3대 세습의 독재자가 어떻게 되든 아무 관심이 없었다.

그러나 북한을 어둠에서 빛으로 끌어내기 위해서는 김정은의 역할이 조금 더 필요하다.

미치광이로 불리는 김정은을 길들이는 데 성공한 최치우는 세계 역사를 다시 쓰는 주역이 됐다.

남북 정상회담에 이어 북미 정상회담도 최치우의 손으로 성사시키게 될 것 같았다.

          *   *   *

역사상 최초의 북미 정상회담이 열리게 됐다.

장소는 미국도, 북한도 아닌 싱가포르이다.

외교가에서는 무시 못 할 소문이 들불처럼 번지고 있었다.

북미 정상회담의 일등 공신이 바로 올림푸스 CEO 최치우라는 것이다.

싱가포르이 회담 개최지로 선정된 것도 최치우의 영향이라는 분석이 나왔다.

최치우가 김정은에게 싱가포르의 리콴유 모델을 제시하며 마음을 움직였다는 이야기다.

상당히 구체적인 일화까지 소개된 만큼 최치우 개입설은 정설로 굳어지는 분위기였다.

북미 정상회담 개최지로 선정된 싱가포르는 그야말로 축제 분위기였다.

전 세계의 시선이 싱가포르에 집중되고 있었다.

그로 인해 누리게 될 관광 증대 및 경제적 효과는 천문학적일 것이다.

싱가포르 정부에서는 미국과 북한의 체류 비용을 전액 부담하겠다고 나섰다.

경호 비용과 군중 통제 비용까지 포함하면 수백억 원이 넘는 큰돈이다.

하지만 북미 정상회담 개최로 얻게 되는 경제적 효과에 비하면 새 발의 피다.

대한민국 정부도 바빠졌다.

북미 정상회담 결과에 가장 촉각을 곤두세울 수밖에 없었다.

더구나 물밑에서 조율을 한 당사자가 바로 최치우였다.

대한민국 청와대와 외교부는 최치우의 입을 통해 북한과 미국 정상의 진의를 파악해야 한다.

겉으로는 한국 정부가 게임을 주도하는 것처럼 포장하고 있지만, 실제 주인공은 최치우라는 게 공공연한 비밀이 됐다.

미국 대통령의 의중은 여러 라인을 통해 확인할 수 있다.

물론 직접 얼굴을 마주하고 회담을 성사시킨 최치우만큼은 아닐 것이다.

하지만 한국 정부에도 오랜 세월 미국과 신뢰를 쌓아온 외교 자원이 넘친다.

그러나 북한의 지도자, 김정은의 의중은 확인하는 게 불가능하다.

남북 정상회담을 성공적으로 마쳤지만 아직까지는 1회성 이벤트에 불과했다.

게다가 남북 정상회담조차 최치우의 공으로 성사된 것이나 다름없었다.

결국 김정은의 심리를 가장 잘 아는 사람은 최치우였다.

한국 정부는 북미 정상회담과 비핵화 국면에서 주도적인 역할을 하기를 원하고 있다.

그렇다면 답은 하나다.

최치우의 바짓가랑이를 붙잡고 늘어지는 것이다.

미국 대통령의 진짜 생각, 그리고 김정은의 진짜 생각을 알아내야 한국 정부도 전략을 세울 수 있다.

단순히 대통령 비서실장이나 외교부 장관, 혹은 그보다 아랫급의 실무자를 보낼 문제가 아니다.

정상외교의 주축인 대한민국 대통령이 직접 나서서 챙길 사안이었다.

어쩌면 이번 북미 정상회담은 한반도 평화의 마지막 기회일 수 있다.

이 시기를 어떻게 보내느냐에 따라 국가의 미래도, 그리고 정권의 운명도 완전히 달라질 것이다.

"이렇게 매번 신세를 지기도 어려운데… 일국의 대통령으로서 참 염치가 없습니다."

정제국 대통령이 자신을 한껏 낮추며 말했다.

최치우에게 과기부 장관을 제안했던 그는 예전부터 정중한 태도를 보여왔다.

그렇기에 최치우가 유력 대선 후보였던 유경민을 낙마시키고 정제국을 밀어줬던 것이다.

그를 청와대의 주인으로 만들어준 사람도 최치우나 마찬가지다.

정제국 대통령 역시 그러한 사실을 인정하고 있었다.

보통 사람은 화장실 들어갈 때와 나올 때가 달라지는 법이다.

하지만 정제국은 대통령이 되어서도 최치우의 은혜를 잊지 않았다.

특별한 혜택을 준 적은 없지만, 정부 부처에서 올림푸스와 퓨처 모터스의 사업에 협조하도록 지시를 내렸다.

뿐만 아니라 과기부 장관을 제의한 것, 그리고 평양 특사단에 최치우를 포함시킨 것 등도 나름 빚을 갚으려 노력한 셈이다.

그렇기에 최치우도 정제국 대통령을 좋게 보고 있었다.

진보와 보수, 여당과 야당 따위의 구분은 최치우의 관심사가 아니다.

그저 믿을 수 있는 좋은 사람인지 아닌지, 그게 중요할 뿐이다.

전임 유영조 대통령은 정제국 대통령과 다른 당적을 지녔다.

그러나 최치우는 유영조 대통령을 깍듯하게 모셨고, 정제국 대통령과도 우호적인 관계를 유지하고 있다.

모든 것을 정치로 판단하는 사람들은 결코 이해하기 힘든 모습이다.

하지만 최치우처럼 한계를 돌파하며 인류를 이끌어가는 사람에게 정치는 지엽적인 문제다.

실제로 유영조 전 대통령도, 그리고 정제국 대통령도 최치우에게 어떤 정치적 강요를 하지 않는다.

그저 21세기 대한민국 최고의 인재가 가는 길을 지켜볼 뿐이다.

"괜찮습니다. 오히려 정부와 협의하지 않고 독단적으로 일을 추진한 부분을 이해해 주셔서 감사합니다."

최치우는 좋고 싫음이 확실한 사람이다.

그렇기에 아쉬울 것 하나 없음에도 정제국 대통령에게 예의를 지켰다.

원칙적으로 외교와 안보는 정부에서 관할하는 영역이다.

그러나 최치우는 청와대를 가뿐히 뛰어넘는 존재감으로 한반도 외교 안보의 틀을 바꿔놓았다.

사실 몇백 번 절을 받아도 모자라지만, 월권(越權)에 대해 양해를 구한 것이다.

정제국 대통령은 화들짝 놀라며 손을 내저었다.

"역사에 길이 남을 일이 최 대표님 덕분에 이뤄졌는데 무슨 그런 말씀을……. 국민들을 대신해 어떻게 감사를 드려야 할지 모르겠습니다."

"도움이 될 수 있다면 저 역시 국민의 한 사람으로서 기쁠 따름입니다."

"그럼 부끄러움을 무릅쓰고 부탁을 드려도 되겠습니까?"

정제국이 본론을 꺼냈다.

두 사람은 어제오늘 만난 사이가 아니다.

만남의 횟수는 그리 많지 않지만, 결정적 국면에서 신뢰를 쌓았다.

이만하면 안부 인사는 건너뛰어도 된다.

최치우는 기다렸다는 듯 고개를 끄덕였다.

"북한의 김정은 위원장이 정말 비핵화를 받아들일 의사가 있는 것 같습니까?"

역시 정제국의 질문은 예상대로였다.

최치우는 고민하지 않고 고개를 끄덕였다.

"핵과 경제, 두 가지 길 중에서 경제를 선택하기로 결단을 내렸습니다."

"허!"

정제국 대통령이 저도 모르게 탄성을 흘렸다.

하지만 아직 넘어야 할 산이 남아 있다.

감정을 추스른 정제국 대통령이 다시 의미심장한 질문을 던졌다.

"북한이 경제 노선을 선택해도 걸림돌은 보상입니다. 김정은 위원장은 단계적 보상을 원하고, 미국은 비핵화가 완료된 다음 일괄 보상하는 방안에서 양보하지 않을 것인데……. 과연 회담이 성공적으로 끝나겠습니까?"

대한민국 대통령이 26살 청년 최치우에게 한반도의 미래를 물어보고 있었다.

영화로 만들어도 비현실적이라는 소리를 들을 일이다.

그러나 분명한 현실이었다.

최치우는 확신에 찬 표정으로 대답했다.

"미국과 북한 모두 양보할 수 있는 절충안을 올림푸스가 내놓았습니다."

"올림푸스에서 어떤……?"

"김정은 위원장이 비핵화 선언을 하게 되면 소울 스톤 발전소를 북한에 건설할 겁니다. 미국이 양보할 수 있는, 그리고 북한이 만족하는 예외적인 보상이 바로 소울 스톤 발전소입니다."

"그 부분에 대해서 미국과 북한 모두 양해를 했다는 것입니까?"

"그렇습니다. 대통령님, 걱정하지 마시고 북미 정상회담 이후 비핵화 국면을 준비하시면 됩니다. 그리고 올림푸스가 북한에 먼저 뿌리를 내리고 경제협력을 이뤄낼 수 있게 지원해 주십시오."

정제국은 최치우를 빤히 쳐다봤다.

없는 이야기를 지어낼 사람은 절대 아니다.

미국 대통령과 북한 김정은의 허풍에 낚일 사람도 아니다.

최치우의 말을 믿고 과감하게 평화 드라이브를 걸어도 될 것 같았다.

북미 회담이 성과를 내고, 북한에 소울 스톤 발전소가 들어서며 비핵화 작업이 시작된다면 상상하지 못할 변화의 바람이 불어닥칠 것이다.

정제국 대통령은 최치우 덕분에 변화를 미리 예측하게 됐다.

그것만으로 국정을 운영하는 데 어마어마한 도움이 된다.

"또다시 최 대표님에게 큰 빚을 졌습니다. 올림푸스가 가는 길이 한반도의 평화와 번영을 이끌어내는 길입니다. 우리 정부는 전심전력으로 돕겠습니다."

"대통령님의 약속, 무겁게 받아들이겠습니다."

최치우는 정제국의 말이 인사치례가 아님을 분명히 확인했다.

정제국도 고개를 끄덕이며 자신의 약속을 보증했다.

한국 정부는 올림푸스의 북한 진출을 물심양면으로 지원할 것이다.

적어도 쓸데없이 정부가 발목을 붙잡을 일은 없다.

최치우는 명실공히 한반도 정세를 움직이는 인물로 자리매김했다.

정제국 대통령이 퇴임하고, 다음 대통령이 누가 되든 최치우의 입지는 변함이 없을 것 같았다.

한국 정부의 가장 중요한 문제는 언제나 북한이었다.

남북 분단 이후 골칫덩어리였던 북한의 지도자를 최치우처럼 제대로 구워삶은 사람은 존재하지 않았다.

소울 스톤이라는 독보적인 아이템 덕분이지만, 그것도 최치우의 능력이다.

만약 최치우가 작정하고 북한과의 관계를 틀어버리면 한국 정부는 거대한 파도에 휩쓸린다.

정권이 유지되든 바뀌든 키를 잡은 최치우의 눈치를 볼 수밖에 없다.

"그럼 조만간 청와대 안뜰에서 차라도 한잔 나누겠습니다, 최 대표님."

"초대를 기다리고 있겠습니다."

정제국이 먼저 자리에서 일어섰다.

청와대로 돌아가 즉시 수석 비서들을 소집하고 회의를 시작할 것이다.

최치우는 정제국의 뒷모습을 쳐다보며 의미심장한 미소를 지었다.

새삼 과기부 장관 자리를 거절했던 게 현명한 선택 같았다.

굳이 현실 정치에 뛰어들 필요가 없다.

정치의 끝은 대통령이다.

하지만 최치우는 대통령보다 더 위에서 세상을 움직이는 인물이 됐다.

정치를 초월한 존재, 그게 바로 지금의 최치우였다.

"모든 퍼즐이 완성되면서 시너지 효과를 일으키면… 빵!"

최치우는 폭탄이 터지는 소리를 흉내 내며 혼잣말을 중얼거렸다.

핵이 연쇄 폭발하는 것 이상의 충격을 주면서 올림푸스가, 그리고 퓨처 모터스가 전 세계의 패러다임을 주도하는 날이 머지않았다.

북한을 개방시키고, 엄청난 지하자원을 개발하는 것도 퍼즐 조각 중 하나다.

최치우는 누구도 상상하지 못한 원대한 그림의 완성을 향해 뚜벅뚜벅 전진하고 있었다.

단순히 북한의 어둠만 걷어내는 게 아니다.

인류의 어둠을 걷어내고 빛을 선사하는 여정이 계속되고 있었다.

*   *   *

뜻밖의 비보가 전해졌다.

김도현 교수가 이끄는 미래 에너지 탐사대에서 나드갈의 소울 스톤을 개발하는 데 실패한 것이다.

최치우와 김도현 교수는 상황을 낙관하고 있었다.

이미 대지의 정령에서 얻은 소울 스톤을 개발한 적이 있기 때문이다.

상급 대지의 정령 노하임의 소울 스톤은 케냐의 새로운 동력이 될 운명이다.

노하임의 소울 스톤을 연구하며 쌓은 노하우라면 최상급 대지의 정령 나드갈의 소울 스톤을 개발하는 게 어렵지 않을 줄 알았다.

그러나 오산이었다.

역시 언제나 최악의 상황을 가정해야 하는 것은 불변의 진리다.

예상 밖 결과를 받아 든 최치우는 김도현 교수와 연구진을 탓하지 않았다.

미래 에너지 탐사대는 최선을 다했을 게 분명하다.

그들은 올림푸스에 없어서는 안 될 귀중한 자원이다.

계산보다 나드갈의 소울 스톤에서 뿜어진 에너지가 너무 강력했던 게 실패의 원인이었다.

뼈아픈 경험을 통해 미래 에너지 탐사대의 연구 데이터는 더욱 두터워졌다.

뒷수습은 최치우의 몫이다.

천금 같은 최상급 소울 스톤이 파괴됐다.

북한과 미국은 최치우의 약속을 믿고 정상회담 날짜를 잡았다.

이대로 시간을 보낼 수는 없다.

북미 정상회담은 코앞으로 다가왔다.

비핵화 선언 이후 소울 스톤 발전소 건립은 급물살을 타게 될 것이다.

그때 가서 북한에게 더 기다리라고 말하면 신뢰가 깨진다.

하루 빨리 소울 스톤을 찾고, 에너지 추출까지 성공시키는 것.

최치우에게 다른 무엇보다 가장 중요한 과제가 주어졌다.

'UN의 특수 기구에서 네오메이슨의 손발을 잘라내고 있고, 퓨처 모터스는 브라이언이, 그리고 올림푸스도 문제없다.'

새로운 소울 스톤을 위해 전용기에 올라탄 최치우는 걱정을 접어뒀다.

올림푸스에는 임동혁 부사장 휘하로 출중한 능력의 임원들이 장사진을 이루고 있다.

퓨처 모터스도 걱정할 필요 없이 세계로 뻗어나가며 보급형 전기차 '제우스 U' 개발을 순조롭게 진행 중이다.

최치우가 자유롭게 세계를 돌아다녀도 구멍이 안 나는 시스템이 완성된 것이다.

찌릿—

최치우는 심장에서 느껴지는 낯선 느낌을 온몸으로 받아들였다.

물의 정령왕 우라노스의 인장.

이제는 정령왕의 인장이 어떤 의미인지 체감하고 있었다.

자연의 힘을 무궁무진하게 빌려 7서클 이상의 마법도 마음껏 쓸 수 있는 게 전부가 아니었다.

때로는 정령들을 끌어당기고, 때로는 정령들을 굴복시키는 권능이 최치우에게 주어진 것이다.

인장을 품은 최치우는 다시 한번 정령왕과 싸우기 위해 하늘 높이 떠올랐다.

푸른 창공 너머 태양이 그가 가는 길을, 올림푸스 전용기의 항로를 환하게 비춰주고 있었다.

9장

슬레이어

　최치우는 물의 정령왕 우라노스를 어떻게 만났는지 회상했다.

　자신이 먼저 접근한 것은 아니었다.

　그저 공교롭게도 물의 정령을 여러 번 소멸시켰고, 우라노스가 하급 정령 운딘을 통해 경고를 보냈다.

　결국 우라노스는 독도 인근의 해역에 출몰했고, 최치우도 피하지 않고 미쳐 버린 동해 한복판에 뛰어들며 목숨을 걸었다.

　가까스로 우라노스를 소멸시킨 최치우는 소울 스톤 대신 정령왕의 인장을 얻었다.

　자신도 모르는 사이 우라노스의 인장이 심장에 새겨진 것이다.

남아 있는 최상급 물의 정령들 중에서 다음 세대의 정령왕이 나오려면 최소 수십 년이 걸린다.

　그때까지 감히 최치우를 대적할 물의 정령은 없을 것이다.

　우라노스의 인장은 최치우가 마법을 무한에 가깝게 쓰도록 넘치는 자연 에너지를 공급해 줬다.

　동시에 정령들을 부르고, 굴복시킬 수 있는 권능을 선사했다.

　특히 물의 정령이라면 최치우 앞에서 맥을 못 출 수밖에 없다.

　최치우는 마음만 먹으면 물의 정령들을 불러내 소울 스톤을 얻을 수 있게 된 것이다.

　그런데 올림푸스 전용기는 수재(水災)가 난 지역으로 날아가지 않았다.

　물의 정령을 찾으러 가는 길이 아니라는 뜻이다.

　원래 최치우는 나드갈의 소울 스톤을 북한에 쓰려고 했었다.

　나드갈은 최상급 대지의 정령이다.

　최치우는 최상급 소울 스톤이 뿜어내는 에너지 정도는 되어야 김정은의 마음을 완전히 사로잡을 수 있다고 판단했다.

　북한은 다른 나라들과 달리 전력 수급이 극도로 열악하기 때문이다.

　평양과 개성 정도를 제외하면 아프리카의 케냐보다 더 심각한 상황일 것이다.

　'최상급 소울 스톤의 압도적인 에너지로 신세계를 보여준다. 그다음부터는 내 장기판의 졸이 될 수밖에 없어.'

　최치우의 생각은 대담했다.

미치광이 지도자로 불리는 김정은 위원장을 자신이 두는 장기판의 졸로 삼을 작정이었다.

　소울 스톤 발전소는 짓는다고 해서 끝이 아니다.

　주기적으로 미래 에너지 탐사대 연구진이 발전소에 들러 에너지 추출 시스템을 체크해야 한다.

　만약 문제가 생기면 소울 스톤을 컨트롤할 수 있는 최치우가 직접 나설 수밖에 없다.

　이 세상에서 소울 스톤을 다스릴 수 있는 사람은 최치우뿐이다.

　소울 스톤 발전소를 세우는 순간, 그 지역은 최치우에게 의존하게 되는 것이다.

　물론 북한은 여전히 믿을 수 없는 국가다.

　소울 스톤 발전소를 봉쇄하고, 자신들 마음대로 연구하려고 나설 수도 있다.

　그러나 무의미한 시도일 뿐이다.

　최치우와 미래 에너지 탐사대가 아니면 절대 소울 스톤 발전소를 유지시킬 수 없다.

　미국이나 독일의 최고 과학자들도 불가능한 일이다.

　게다가 최치우는 마음만 먹으면 은밀히 북한에 잠입해 소울 스톤을 찾아올 수 있다.

　인간의 한계를 한참 초월한 그의 능력이면 혼자서 김정은을 암살하는 것도 가능할지 모른다.

　그렇기에 북한이 어떻게 나올지는 걱정할 필요가 없었다.

최상급 소울 스톤으로 발전소를 짓고, 거기서 나온 에너지의 혜택을 보기 시작하면 북한은 최치우의 손아귀에서 벗어날 수 없다.

'대지의 소울 스톤이 필요하다.'

최치우는 바로 그런 이유로 물의 정령이 아닌 대지의 정령을 찾아 나섰다.

첫 번째 이유는 명확했다.

인격을 지닌 최상급 물의 정령들은 절대 최치우 앞에 나타나지 않을 것이다.

우라노스의 인장으로 근처의 정령들을 불러낼 수 있지만, 기껏 나타난 정령이 싸우지 않고 도망치면 곤란해진다.

인격이 없는 하급, 중급, 상급 정령들은 최치우의 도발에 반응할 확률이 높다.

하지만 최상급 정령부터는 이야기가 달라진다.

최치우가 정령왕 우라노스를 비롯해 최상급 물의 정령 아도니스까지 소멸시킨 사실이 널리 퍼졌을 것이다.

특히 정령왕이 사라지면 같은 속성 정령들은 영향을 받아 힘이 약해진다.

물의 정령왕이 공석이 된 지금, 최상급 물의 정령들은 최치우를 피하기 바쁠 것 같았다.

반면 대지의 정령은 다르다.

여전히 대지의 정령왕이 건재하기 때문에 기운을 유지하고 있다.

물론 최치우는 최상급 대지의 정령 나드갈을 소멸시켰다.

그러나 나드갈이라는 이름을 가진 다른 최상급 정령들은 각기 다른 인격의 개별적인 존재다.

비록 이름과 형체는 똑같고, 권능도 비슷하지만 인격이 다른 것이다.

아마 최치우를 두려워하지 않는 나드갈도 있을 것 같았다.

최치우가 대지의 정령을 찾아 나선 또 다른 이유는 실용성 때문이다.

미래 에너지 탐사대는 대지의 소울 스톤을 개발하는 데 노하우를 쌓아왔다.

나드갈의 소울 스톤이 파괴된 것은 쓰디쓴 약이었다.

만약 한 번 더 기회가 주어진다면 어떻게 될까.

최근 집중적으로 연구한 대지의 소울 스톤을 가져다주면 개발에 성공할 가능성이 높아질 것 같았다.

이후로는 적어도 대지의 소울 스톤을 개발하는 일만큼은 자신감을 품게 될 것이다.

'이번에는… 확실하게 매듭을 짓는다.'

최치우가 주먹을 꽉 쥐며 각오를 다졌다.

싱가포르에서 열리는 북미 정상회담이 불과 2주 앞으로 다가왔다.

그사이 최상급 소울 스톤을 확보하고, 에너지 추출에도 성공해야 한다.

김도현 교수는 새로운 대지의 소울 스톤만 있으면 곧장 실험이 가능하게 만반의 준비를 마쳤다.

최치우가 먹이를 물어주는 어미 새처럼 소울 스톤을 갖다 주기만 하면 되는 것이다.

슈우우우우ㅡ

최치우를 태운 올림푸스 전용기는 빠른 속도로 구름을 가르고 있었다.

목적지는 그리 멀지 않다.

서울에서 고작 2시간 거리, 일본 간사이 지방의 중심지 오사카였다.

최치우는 한국인들에게도 여행지로 너무나 익숙한 오사카에 최상급 대지의 정령이 있을 거라 확신했다.

얼마 전 일본 전역을 공포로 물들인 오사카 대지진이 확신의 근거다.

그만한 자연재해에 정령이 개입하지 않았을 리 없다.

'어쩌면… 또 다른 정령왕을 보게 될지도.'

대지의 정령왕이 있을 가능성도 배제하기 힘들다.

일본은 전 세계에서 대지진이 가장 많이 발생하는 국가라 해도 과언이 아니다.

대지의 정령왕이 환태평양 지진대의 핵심인 일본에 주로 머무른다고 생각하면 앞뒤가 딱 맞는다.

'소울 스톤을 얻는 게 목적이니까… 앞길을 막으면 정령왕이든 뭐든 쓰러뜨릴 수밖에.'

절체절명의 위기를 겪었지만 물의 정령왕을 소멸시켰기 때문일까.

최치우는 자연계의 절대자인 정령왕도 무서워하지 않았다.

과연 일본에서 어떤 대지의 정령을 만나게 될지, 최치우의
얼굴에는 기대감이 떠오르고 있었다.

*   *   *

최치우는 아슬란 대륙에서 대마도사를 넘어 현자 클래스의
벽을 깨뜨린 최초의 마법사였다.

현자 제로딘은 마법의 완성자라는 이름으로 아슬란 대륙의
역사에 길이 남았다.

그러나 현재 제로딘도 9서클 마법을 마음껏 캐스팅할 수는
없었다.

한 번에 사용할 수 있는 마나의 양이 한정적이기 때문이다.

8서클이나 7서클 마법을 쉬지 않고 연달아 쓰는 것도 쉬운
일이 아니었다.

9서클 마법을 쓰는 현자 클래스가 되어서도 마찬가지였다.

그러나 현대의 지구에서 최치우는 7서클 마법을 자유자재로
펼칠 수 있다.

오히려 현자 제로딘으로 살아갈 때보다 7서클을 더 마음껏
캐스팅할 수 있었다.

처음부터 이랬던 것은 당연히 아니었다.

현대의 지구는 아슬란 대륙보다 마나가 적은 차원이다.

그럼에도 불구하고 최치우는 비약적인 발전을 거듭할 수 있었다.

무공과 마법을 함께 익힌 적은 처음이었고, 덕분에 마법이 무공을 또 무공이 마법을 자극하며 시너지 효과를 일으켰다.

그리고 결정적 사건이 있었다.

물의 정령왕 우라노스의 인장이 심장에 박힌 후 마나 수급이 무한에 가깝게 늘어난 것이다.

그때 이후로 7서클이나 6서클 마법을 연달아 펼치는 게 가능해졌다.

덕분에 마법의 숙련도는 가파르게 늘었다.

운동이든 공부든 많이 하는 게 최고다.

죽어라 많이 하는 사람이 재능까지 지녔다면 따라잡을 수 없다.

하지만 마법은 마나의 한계 때문에 많이 펼치고 싶어도 그럴 수 없는 영역이었다.

그런데 최치우는 우라노스의 인장으로 마나의 한계를 뛰어넘고, 무한정 마법을 캐스팅하며 수련하게 된 것이다.

최치우는 곧 8서클이 임박했음을 느끼고 있었다.

어쩌면 일본에서 8서클의 벽을 깨뜨리고 대마도사 클래스에 도달하게 될지 모른다.

심장에는 정령왕의 인장, 오른손에는 극강의 무공, 그리고 왼손에는 대마도사 클래스의 마법을 갖춘 삼위일체의 절대자.

최치우는 다른 어느 차원에서도 도달하지 못했던 경지를 향해 나아가고 있었다.

아이러니하게도 무력의 영향이 가장 적은 현대의 지구에서 정점에 다다르는 셈이다.

파직— 파지직—

아무도 들을 수 없는, 오직 최치우의 귀에만 들리는 소리가 울렸다.

최치우의 몸이 주위의 마나와 공명해 스파크를 만들어낸 것이다.

오사카의 분위기는 어수선하기 그지없었다.

일주일 전 발생한 대지진의 여파가 고스란히 남았다.

무너진 건물들, 떨어진 간판, 기울어진 전봇대.

내진설계에 철저한 일본이기에 그나마 이 정도로 그쳤을 것이다.

만약 같은 규모의 지진이 한국에서 발생했다면 생각만 해도 끔찍하다.

지진을 맞이하는 일본인의 태도도 놀라웠다.

후쿠시마 쓰나미의 경험이 있기 때문일까.

엄청난 대지진이 오사카라는 대도시를 덮쳤고, 여진도 계속되는 상황이다.

그럼에도 불구하고 거리의 일본인들은 비교적 침착한 표정이었다.

언제 다시 2차, 3차 대지진이 덮칠지 모르는데 패닉에 빠진 모습을 찾기 힘들었다.

속으로는 극도의 불안에 떨지 모르지만, 겉으로 드러내진 않는다.

자연재해에 단련이 됐기 때문인지 아니면 독특한 국민성 때문인지 몰라도 흥미로운 현상이었다.

'빚을 갚아주게 되는 건가.'

최치우는 재밌는 생각이 들어 피식 웃음을 터뜨렸다.

오사카 부근에서 최상급 대지의 정령, 또는 대지의 정령왕을 소멸시키면 일본의 지진도 잦아들 것이다.

당연히 환태평양 지진대의 영향은 어쩔 수 없다.

그렇지만 정령들이 기세를 부리며 지진을 더욱 자주, 강하게 부채질하는 현상은 사라진다.

그것만 해도 일본에게 돈으로 따질 수 없는 은혜를 베푸는 셈이다.

사실 일본이 우리 역사에 저지른 죗값을 떠올리면 굳이 도움을 주고픈 마음은 들지 않았다.

그러나 일본을 위해서가 아니라 한반도의 미래와 올림푸스를 위해 소울 스톤이 필요했다.

게다가 최치우는 도쿄대학에서 특급 비밀 파일을 빼돌리며 올림푸스의 기틀을 다졌다.

자연스레 그때의 빚을 갚아준다고 생각하면 될 것 같았다.

'이놈은⋯ 도심 한복판에 있군.'

한참 걸어가던 최치우가 멈춰 섰다.

오사카 중심부에서 그리 멀지 않은 골목이다.

대지진의 영향으로 가게는 전부 문을 닫았고, 인적도 드물었다.

엉망진창이 된 골목에서 정령의 기운이 강하게 느껴졌다.

최치우는 평소처럼 대지와 반대되는 속성의 마법을 펼치지 않았다.

우라노스의 인장을 받아들인 이상 굳이 다른 속성 마법으로 정령을 자극할 필요가 없어졌다.

고오오오오—!

정신을 집중하고, 자연에 떠도는 마나를 심장으로 불러 모았다.

그러자 심장에 새겨진 우라노스의 인장이 힘을 발휘했다.

파아아아아!

무형의 기운이 사방으로 퍼져 나갔다.

정령왕의 부름이다.

우라노스의 권능이 주위의 정령들로 하여금 모습을 드러내게 만들 것이다.

쿠구구궁—

파스슥, 푸스슥!

시간이 얼마 지나지 않아 효과는 곧바로 나타났다.

최치우의 왼쪽에서 작은 싱크홀이 생겨났고, 오른쪽 건물 더미에서는 뭔가 꿈틀거리고 있었다.

'둘이다!'

최상급 대지의 정령 나드갈이 동시에 나타났다.

흙과 바위로 만들어진 재규어 두 마리가 좌우에서 최치우를 노려보고 있었다.

인격을 지닌 최상급 정령을 한자리에서 동시에 만난 것은 처음이다.

[따라와라, 인간.]

왼쪽의 나드갈이 먼저 의지를 전했다.

"나를 기다렸군."

최치우는 짙은 호승심을 느낄 수밖에 없었다.

자신이 나드갈을 찾아왔다고 생각했는데 알고 보니 그들도 최치우를 기다리고 있었다.

과연 두 마리의 나드갈이 인도하는 곳은 어디일까.

그저 싸우기 편한 장소로 가자는 뜻은 아닐 것이다.

정령이 인간의 사정을 봐줄 이유는 없기 때문이다.

'대지의 정령왕.'

최치우는 대지의 정령왕이 자신을 부른다고 느꼈다.

그게 아니면 최상급 정령이 두 마리나 나와서 안내할 이유가 없다.

판이 커져도 너무 커졌다.

최치우는 대지의 정령왕과 함께 최소 두 마리의 최상급 정령을 상대하게 됐다.

'피할 수 없으면 즐겨야지.'

호랑이 굴로 들어가는 것이지만 최치우는 웃음을 참기 힘들었다.

패배하면 목숨을 잃는다.

하지만 피가 점점 뜨거워지고 있었다.

올림푸스의 단초를 제공해 준 일본에서 다시 한번 운명이 격변할 것 같았다.

*   *   *

두 마리의 나드갈이 땅 밑에서 움직였다.

지진으로 뒤집힌 도로 아래에서 무척 빠른 속도로 이동했다.

최치우는 나드갈의 기운을 손쉽게 느낄 수 있었다.

두 마리는 안내자 역할에 충실했다.

혹시 최치우가 따라오지 못할까 봐 노골적인 기운을 뿌려댔다.

일반 사람들도 나드갈이 지나가는 길목에서 왠지 모를 중압감을 느낄 것 같았다.

덕분에 나드갈 두 마리가 땅 밑으로 숨어서 이동해도 놓칠 염려는 없었다.

다만 이동 거리는 꽤 멀었다.

오사카 도심에서 외곽으로 한참을 빠져나가고 있었다.

인적이 드물어질수록 땅 밑으로 움직이는 나드갈 두 마리는 속도를 높였다.

최치우도 경공을 펼치며 속도를 맞췄다.

그러다 사람이나 자동차가 나타나면 최치우는 거짓말처럼 속도를 줄였다.

한참 앞서 나가던 나드갈도 최치우가 멈추면 따라서 멈춰 섰다.

그들은 최치우를 데려오라는 임무를 단단히 부여받은 것 같았다.

그렇기에 속도까지 맞춰주며 안내자 역할을 충실히 수행하는 것이다.

마침 대지진으로 오사카 도심의 CCTV도 대부분 무용지물이 됐다.

최치우가 부담을 느끼지 않고 경공을 펼칠 환경이 주어진 것이다.

'아무리 생각해도 정령왕밖에 없다.'

최치우는 대지의 정령왕이 기다리고 있음을 확신했다.

인격을 지닌 최상급 정령이 둘이나 나타난 것도, 그리고 묵묵히 안내자 노릇을 하는 것도 일반적이지 않았다.

대지의 정령왕, 누쿠크.

우락부락한 고릴라의 형상을 닮았다고 알려진 대지의 지배자를 곧 만나게 될 것 같았다.

'정령왕에 최상급 정령이 둘. 부담스럽지만… 상당히 재밌어지겠군.'

최치우가 현대에 환생해서 경험한 최악의 전투는 우라노스와의 전투였다.

그런데 누쿠크를 만나면 최악이 갱신될지 모른다.

최상급 정령 나드갈도 더 있을 가능성이 있다.

그렇다면 정말 위험하다.

그럼에도 불구하고 최치우는 미소를 지은 채 경공을 펼치고 있었다.

물의 정령왕 우라노스를 만났을 때보다 몇 단계는 더 강해진 자신을 믿기 때문일까.

어느새 오사카 도심에서 한참 멀리 떨어진 최치우는 결전의 순간을 고대하는 눈치였다.

그것을 아는지 모르는지 두 마리의 나드갈은 쉬지 않고 속도를 올렸다.

찌릿—!

그때였다.

한참을 달리던 중 최치우의 감각이 날카로운 경고음을 울려 댔다.

본능이 먼저 위험을 감지한 셈이었다.

'왔다.'

최치우는 가까운 거리에 어마어마한 에너지를 뿜어내는 존재가 있음을 느꼈다.

나드갈 두 마리의 기운을 가뿐히 뛰어넘는 것 같다.

이만한 존재감이라면 역시 정령왕이다.

'누쿠크.'

아슬란 대륙에서도 기록으로만 접했던 대지의 정령왕, 누쿠크와 조우할 시간이었다.

　　　　　　*　　　　　*　　　　　*

　괜히 21세기 이후 일본 최악의 대지진이라 불리는 게 아니었
다.

　오사카 일대를 집어삼킨 대지진은 도심 외곽을 쑥대밭으로
만들어놓았다.

　두 마리의 나드갈은 목적지에 도착해 땅 위로 모습을 드러냈
다.

　최치우는 낮게 그르렁거리는 황갈색 재규어를 쳐다볼 새도
없었다.

　무너진 건물, 불규칙적으로 솟아난 바위, 시커멓게 패인 싱크
홀과 도로.

　오사카 도심 외곽으로 나오니 대지진의 흉터가 더욱 생생하
게 느껴졌다.

　이토록 처절하게 망가진 지역이 있다는 게 놀라울 정도다.

　CCTV는커녕 모든 시스템이 파괴되고 사람이 살 수 없는 장
소가 됐다.

　일본 정부에서 복구에 나서도 엄청나게 오랜 시간이 걸릴 것
같았다.

　바로 여기에 대지의 정령왕 누쿠크가 자리하고 있는 것이다.

　투둑— 투두둑—

　건물의 잔해가 흔들렸다.

　거대하고 육중한 형체가 쓰러진 건물의 구조물을 밀어내고

기지개를 켜는 것처럼 보였다.

두 마리의 나드갈은 자세를 바짝 낮췄다.

한껏 온순해진 태도로 정령왕을 영접하는 것이다.

쿠구구궁!

지축이 울렸다.

최치우는 발끝으로 와 닿는 진동을 감지했다.

이만한 기파를 발산하는 존재는 현대에서 두 번째로 만나본다.

물의 정령왕 우라노스에 비해 결코 존재감이 약하지 않았다.

곧이어 저 앞에 거대한 고릴라 한 마리가 두 팔을 길게 늘어뜨리고 서 있는 게 보였다.

누쿠크의 형상은 고릴라였다.

황토색 바윗덩어리가 근육처럼 온몸에 덕지덕지 달라붙은 모습은 가히 위압적이다.

영악하고 거만한 나드갈 두 마리가 엎드려 맞이하는 게 이해됐다.

대지의 정령들을 주관하는 절대자, 누쿠크가 최치우를 노려보고 있었다.

[우라노스의 인장을 가진 인간, 너를 기다리고 있었다.]

예상대로 누쿠크는 최치우가 누구인지 정확히 알고 있었다.

족히 3m는 채우고도 남을 거대한 형체에서 울리는 의지는 단순하고 강렬했다.

반드시 최치우를 죽이겠다는 것이다.

최치우는 확고부동한 적의를 온몸으로 받아내며 대답했다.

"정령들의 의리가 눈물겹군. 우라노스의 복수라도 하러 온 건가?"

[복수. 사사로운 감정 따위는 인간들의 것이다.]

"그렇다면… 굳이 모습을 드러낸 이유가 궁금하군."

[우리 아이들의 소멸을 막기 위해서 너를 소멸시키겠다.]

누쿠크의 논리는 간결했다.

최치우가 정령, 특히 대지의 정령들을 사냥하는 것을 막겠다는 뜻이다.

현대의 정령계에서 최치우는 유일한 정령 헌터로 악명이 자자했다.

사실 현대는 정령들이 활개 치기 더할 나위 없이 좋은 차원이었다.

정령술사는 없지만, 대신 마법사나 기사도 존재하지 않는다.

현대를 이끄는 과학자들은 정령의 존재 자체를 불신한다.

그렇기에 크게 무리해서 인간들의 눈에 띄지만 않으면 마음껏 대자연을 갖고 놀 수 있었다.

그런데 어느 날 갑자기 최치우라는 정령 헌터가 나타난 것이다.

상급 정령과 최상급 정령을 잡는 것으로도 모자라 기어코 물의 정령왕까지 소멸시켰다.

대자연을 장난감 삼아 현대의 숨은 지배자 노릇을 하던 정령계가 뒤집힐 수밖에 없었다.

물론 다른 속성의 정령들이 연합을 형성하진 않는다.

다만 우라노스처럼, 그리고 지금의 누쿠크처럼 먼저 나서는 정령왕은 생길 수 있다.

"나드갈이나 잡고 소울 스톤을 챙기려 했는데, 뜻밖의 횡재를 하겠어."

최치우는 미소를 숨기지 않았다.

객관적으로 아주 위험한 상황에 처했다.

정령왕 누쿠크와 최상급 대지의 정령 나드갈 두 마리를 동시에 상대해야 한다.

아무리 최치우가 우라노스 때보다 훨씬 강해졌어도 부담스러운 전력이다.

그러나 누쿠크는 준비한 게 더 있었다.

[순진무구한 우라노스와 나를 비교하지 마라, 인간.]

아슬란 대륙에서 대지의 정령은 영악하고 교활한 편으로 정평이 나 있다.

대지의 정령왕 누쿠크도 마찬가지였다.

나드갈 두 마리로는 부족하단 것일까.

사방에서 무시 못 할 기운이 옥죄어오는 게 느껴졌다.

'함정이었군.'

누쿠크는 오사카 대지진이라는 천재일우의 기회를 놓치지 않았다.

대지진이 발생하면 대지의 기운이 가장 왕성해진다.

그때를 빌려 최치우를 잡기 위한 덫을 놓은 것이다.

찌리릿—

대지의 정령들이 최치우의 전후좌우를 포위했다.

최상급 나드갈이 무려 네 마리, 상급의 노하임이 일곱 마리다.

누쿠크를 합하면 열두 개체가 딱 맞춰진다.

12는 자연계에서 가장 완벽한 숫자로 통한다.

대지의 정령왕 누쿠크가 최치우를 쓰러뜨리기 위해 얼마나 심혈을 기울였는지 알 수 있었다.

"전갈이 일곱, 재규어가 넷, 그리고 고릴라… 아니, 킹콩이 하나. 이거 완전 동물의 왕국인데."

최치우는 웃으며 농담을 뱉었지만 결코 여유롭지 않았다.

생각했던 것보다 훨씬 심각한 상황이다.

항상 최악의 시나리오를 대비하는 최치우도 이 정도는 예상하지 못했다.

[긴장하였군, 인간.]

누쿠크는 최치우의 호흡이 아주 미세하게 떨리는 것을 간파했다.

상대는 정령왕이다.

그 하나로도 벅찬데 대지의 정령 군단을 이끌고 왔다.

어쩌면 오늘이 최치우가 현대에서 보내는 마지막 날이 될지도 모른다.

'어머니… 은서, 그리고 내 사람들.'

최치우는 현대에서 만난 인연을 떠올렸다.

다른 차원에서도 적지 않은 인연을 맺었다.

함께 목숨을 걸고 싸운 동료들도 있었다.

하지만 가족은, 마음 깊이 사랑하게 된 연인은, 지켜주고 싶은 직원들은 모두 현대에서 처음 생겼다.

내가 아닌 다른 사람을 위해 싸우고 싶다는 감정도 7번의 환생 끝에 알게 됐다.

원래 최치우는 죽음을 두려워하지 않았다.

까짓것, 죽어봤자 어차피 다른 차원에서 다시 환생하면 그만이기 때문이다.

그런데 지금은 달랐다.

'죽고 싶지 않다. 절대 죽을 수 없어!'

난생처음으로 죽음이 두려워졌다.

현대에서 인연을 맺은 소중한 사람들을 다시 볼 수 없을지도 모른다고 생각하니 가슴이 답답했다.

고오오오오!

최치우의 단전에서 뜨거운 내공이 용솟음쳤다.

금강나한권과 아랑권.

서로 상극인 두 무공이 최치우의 몸에서 하나로 융합되고 있었다.

죽음을 두려워하게 된 최치우는 역설적으로 더욱 강해졌다.

죽지 않기 위해서, 현대에서의 삶을 지키기 위해서 누쿠크와 대지의 정령 군단을 소멸시켜야 한다.

반드시 이겨야 하는 이유, 무조건 살아남아야 하는 이유가 생긴 것이다.

어떤 두려움은 사람을 약하게 만들지만, 반대로 사람을 더 강하게 만드는 두려움도 있다.

7번의 환생 끝에 주어진 인생을 포기할 수 없다는 최치우의 두려움은 무엇보다 굳건한 의지로 환원됐다.

"11개의 소울 스톤, 그리고 정령왕 누쿠크의 인장까지. 모두 내가 갖겠다."

최치우가 대범하게 소리쳤다.

함정에 빠졌지만 싸움을 피하지 않고 정면으로 맞서겠다는 뜻이다.

우웅— 우우우웅—

누쿠크가 등장할 때부터 주위에 형성된 무형의 결계가 거칠게 떨렸다.

결계를 친 정령왕이 분노했다는 의미다.

[가장 비참한 모습으로 사죄하게 만들어주마. 무력함을 절감하여라, 인간.]

누쿠크가 선전포고를 했다.

그게 끝이 아니었다.

쿵! 쿠쿵!

어깨를 쫙 펼친 누쿠크가 두 손으로 가슴을 두드렸다.

영화 속 킹콩이 위세를 과시할 때 보이는 행동이었다.

우스워 보일 수 있지만 효과는 금방 드러났다.

최치우 주위를 맴돌던 네 마리의 나드갈과 일곱 마리의 노하임이 미쳐 날뛰기 시작했다.

[크르르르르……!]

[크와아앙—!]

인격을 지닌 나드갈 네 마리도 눈빛이 흉포하게 변했다.

정령왕의 권능을 받아 일종의 버서커 효과가 적용된 것 같았다.

미쳐 날뛰는 11마리의 최상급, 상급 정령들을 쓰러뜨린 다음에야 누쿠크와 싸울 수 있다.

최치우는 한층 짙은 미소를 지으며 양손을 펼쳤다.

"시작하자. 프로즌—!"

빙결의 마법이 캐스팅되며 전투가 개시됐다.

아무도 모르지만 역사에 길이 남을 대(對)정령전이다.

최치우가 전무후무한 정령왕 슬레이어로 우뚝 설지, 아니면 한 줌의 재로 바스러질지 곧 결판이 날 것 같았다.

10장

인류의 빛

쩌적― 쩌저저적!

마지막 남은 노하임이 얼어붙었다.

최치우는 왼손으로 가볍게 얼음 덩어리를 쳤다.

그러자 전갈 모양의 형체가 와르르 깨지며 산산조각이 났다.

불과 15분, 무림에서 말하는 일각(一刻) 만에 일곱 마리의 노하임이 전멸했다.

재규어도 두 마리밖에 안 보였다.

최치우는 상급 대지의 정령 일곱과 최상급 대지의 정령 둘을 소멸시켰다.

정령들이 소멸한 자리에는 황갈색 소울 스톤이 떨어져 광채를 뿜어내고 있었다.

남아 있는 나드갈 두 마리와 최종 보스인 누쿠크를 쓰러뜨려야 소울 스톤을 챙길 수 있을 것이다.

만약 최치우가 끝까지 살아남는다면 그야말로 대박이다.

모두 대지 속성이긴 하지만, 무려 11개의 소울 스톤을 확보하게 된다.

절반만 에너지 추출을 해내도 5개 이상이다.

지구 곳곳에 올림푸스의 대체에너지 깃발을 꽂을 수 있는 물량인 셈이다.

"이 싸움, 반드시 이겨야겠다."

최치우가 전방을 노려보며 다시금 의지를 불태웠다.

누쿠크의 표정은 읽을 수 없었다.

예상보다 빨리 노하임과 나드갈이 소멸되어 당황했는지, 아니면 최치우의 힘을 빼는 것으로 만족하는지 모를 일이다.

그러나 결과는 변하지 않는다.

최치우는 남는 나드갈 두 마리도 소멸시키고 누쿠크에게 달려갈 것이다.

[크와아아아아—!]

정령왕의 권능 때문에 버서커 효과를 받은 나드갈이 포효했다.

순식간에 다른 정령들이 소멸되어 더욱 흥분한 것 같았다.

최상급 정령이 지니는 인격이 약해진 대신 공격은 훨씬 난폭해졌다.

슈우욱—

최치우의 발밑에서 땅이 치솟았다.

날카로운 창이나 다름없다.

미리 기운을 감지하고 피하지 않았다면 온몸이 꿰뚫렸을 것이다.

[죽어라!]

몸을 피한 최치우에게 나드갈 두 마리가 직접 날아왔다.

권능을 펼치는 것만으로는 절대 최치우를 쓰러뜨릴 수 없다.

다른 정령들이 소멸당하는 것을 지켜보고 깨달은 것이다.

후웅—

재규어의 앞발이 최치우의 뺨을 스치고 지나갔다.

실제 재규어의 공격보다 몇십 배는 강한 파괴력이 담겨 있는 게 분명하다.

스치기만 했는데 바람의 압력으로 고막이 얼얼해졌다.

나머지 한 마리는 뒤에서 최치우를 물어뜯으려 했다.

그러나 순순히 당할 최치우가 아니었다.

"미니 퀘이크, 프로즌!"

다른 속성의 6서클 마법을 동시에 캐스팅하는 것은 7서클, 아니, 8서클 마법을 펼치는 것보다 더 어렵다.

그 어려운 일을 최치우는 아무렇지 않게 해냈다.

쿠구궁—

좌아아아악!

땅이 갈라지며 거칠게 흔들렸다.

최치우의 뒤에서 이빨을 드러낸 나드갈이 크게 휘청거렸다.

대지 속성 마법으로 대지의 정령을 물리친 것이다.

이후 차가운 빙결의 기운이 균형을 잃은 나드갈을 통째로 덮쳤다.

쩌저저저적!

중심을 잃으면 마법을 피하기도, 막기도 힘들다.

그만큼 6서클 마법을 동시에 캐스팅하면 위력이 배가 된다.

이제 최치우는 마지막 남은 나드갈을 쳐다봤다.

정령왕의 권능으로 힘이 증폭됐지만 두려움을 느끼는 것 같았다.

"뭘 망설여? 아까처럼 미친 듯이 덤벼야지."

최치우는 미소를 지으며 나드갈을 도발했다.

아프리카에서 나드갈 한 마리와 격전을 벌였던 게 아득한 과거 같았다.

그때의 최치우와 지금의 최치우는 비교할 수 없을 정도다.

우라노스의 인장 덕분에 무한에 가까운 자연 에너지로 마법을 숙련한 최치우는 그리 지치지도 않았다.

정령 군단을 이끌고 최치우를 기다린 누쿠크의 기대가 빗나간 것이다.

그가 이토록 빠르게 최상급과 상급 정령들을 물리친 것은 역시 마법 덕분이었다.

그냥 마법이 아니라 6서클, 7서클의 고위 마법을 동시에 연달아 캐스팅했다.

아슬란 대륙의 어떤 마법사도, 현자 클래스에 도달했던 최치우의 전생 제로딘도 불가능한 경지다.

클래스는 낮아도 지금의 최치우가 제로딘보다 전투력은 훨씬 높은 것이다.

무공과 과학의 힘을 빌릴 필요도 없었다.

"이제 금방이다."

최치우는 마지막 남은 나드갈을 쳐다보지 않았다.

그 뒤의 고릴라, 아니, 킹콩 같은 누쿠크에게 한마디를 던지고 땅을 박찼다.

파악!

최치우의 신형이 두 개로 쪼개졌다.

경공과 보법의 궁극이라는 이형환위(二形幻位)다.

[크르륵―!]

나드갈이 고개를 좌우로 돌리며 진짜 최치우를 찾기 위해 애썼다.

곧이어 나드갈은 제법 똑똑한 방법을 생각해 냈다.

휘익―

왼쪽에서 달려드는 최치우에게는 앞발을 휘두르고, 오른쪽에는 바위 방패를 세운 것이다.

부웅!

최치우의 신형, 아니, 그림자가 나드갈의 앞발에 정통으로 맞았다.

왼쪽은 이형환위로 만들어진 가짜였다.

진짜는 오른쪽이다.

퍼버버벅!

철문보다 두터운 바위 방패가 부서졌다.

방패를 뚫고 튀어나온 최치우는 뿌연 흙먼지 속에서 주먹을 곧게 뻗었다.

콰아앙—!

금강나한권의 극의, 천보일권(千步一拳)이다.

마치 바주카포를 쏜 것처럼 뚜렷한 권기(拳氣)가 직선으로 날아갔다.

퍼엉!

그걸로 끝이었다.

마지막 남은 나드갈은 재가 되었고, 그 자리에는 소울 스톤 하나만 덩그러니 남겨졌다.

마법으로 노하임과 나드갈을 상대하던 최치우가 무공을 펼쳤고, 갑작스러운 패턴 변화에 나드갈은 제대로 대응하지 못했다.

[인정한다, 인간. 너의 강함을.]

저만치 떨어진 곳에서 최치우를 지켜보던 누쿠크가 고개를 끄덕였다.

예기치 못한 칭찬을 받은 최치우는 피식 웃음을 터뜨렸다.

"정령왕에게 인정을 받다니, 가문의 영광이군."

[그러나 너는 강함에 취해 실수를 했다, 인간.]

"실수?"

[마지막에 쓴 수법은 보여주지 말았어야 했다.]

누쿠크는 최치우의 무공을 말하고 있었다.

만약 최치우가 마법만 펼쳤다면 누쿠크도 갑자기 튀어나오는 무공에 당황했을 것이다.

그러나 최치우는 굳이 쓰지 않아도 될 무공을 일찍 선보였다.

정령왕 누쿠크는 최치우의 카드를 모두 파악했다고 생각한 것이다.

[아이들의 소멸이 안타깝지만… 가치 있는 희생이었다.]

누쿠크는 소울 스톤으로 변해 버린 노하임과 나드갈을 언급했다.

상급과 최상급 정령 군단으로도 최치우에게 별다른 타격을 입히지 못했다.

하지만 최치우가 어떻게 싸우는지 본 것만으로 소기의 성과는 달성한 셈이었다.

"대지의 정령들을 지키기 위해 함정을 팠다더니… 영악한 건 알아줘야 해."

최치우는 천천히 고개를 끄덕였다.

15분이 넘도록 전투를 지켜보면 장단점을 분석하기 쉽다.

누쿠크는 정령들을 희생시킨 대가로 엄청나게 유리한 위치에서 싸움을 시작할 수 있는 것이다.

그러나 누쿠크가 간과한 사실이 있었다.

"대지의 정령왕 누쿠크, 오늘 이 자리에서 소멸해 나의 인장이 되어라."

[귀여운 소리를 하는구나.]

"끝은 정해져 있다. 왜냐하면……."

최치우가 양팔을 오므렸다.

자세만 봐서는 마법을 캐스팅할지, 아니면 무공을 쓸지 가늠하기 어려웠다.

반대로 누쿠크는 어떤 공격도 막아낼 수 있다는 듯 가슴을 활짝 폈다.

바위 근육을 갑옷처럼 입은 육중한 신체의 고릴라.

이제부터 그와 부딪쳐야 한다.

일생일대의 전투가 시작되려는 순간, 최치우는 품에서 캡슐 몇 개를 꺼냈다.

펜타곤이 개발한 희대의 역작, 미쓰릴 필드였다.

"네가 본 건 절반도 안 되니까."

투욱—

화아아아아악!

미쓰릴 필드의 역장이 최치우와 누쿠크를 감쌌다.

물의 정령왕 우라노스를 소멸시키는 데 가장 큰 공을 세웠던 과학의 힘이 발휘됐다.

미쓰릴 필드가 뭔지 모르는 누쿠크는 고개를 갸웃거렸다.

지금부터 잠시지만 정령왕의 권능이 봉쇄됐다는 걸 알 리 없다.

권능을 펼치는 순간, 강력한 반발력이 누쿠크를 덮칠 것이다.

물론 최치우도 미쓰릴 필드의 역장 안에서 마법을 쓸 수 없다.

하지만 이 안에서 어떻게 싸워야 하는지 누구보다 잘 알고 있다.

게다가 무공이면 충분하다.

타앗―

최치우가 바닥을 박차고 질주했다.

다시금 이형환위가 펼쳐졌고, 누쿠크는 지체 없이 권능을 행사했다.

쿠그그긍!

땅 밑에서 거대한 울림이 들렸다.

원래라면 작은 산(山)이 솟아나 최치우를 막아서야 했다.

그러나 권능은 끝까지 발현되지 않았다.

대신 미쓰릴 필드의 역장이 에너지를 흡수해 누쿠크에게 쏘아졌다.

쿠웅―!

퍼퍼퍼퍽!

난데없이 쏘아진 반발력에 정통으로 얻어맞은 누쿠크의 신체가 흔들렸다.

빠각―

최치우는 휘청거리는 누쿠크의 정수리에 선풍각을 꽂아 넣었다.

회전력이 실린 발차기는 바위처럼 단단한 누쿠크의 머리에

만만치 않은 타격을 입혔다.

"후우, 역시 한 방엔 안 되는군."

멋지게 공격을 성공시킨 최치우가 착지하며 혼잣말을 내뱉었다.

반면 시작부터 체면을 구긴 누쿠크는 분노할 수밖에 없었다.

[이게 무슨 수작인가!]

"인간을 우습게 알았지?"

[무어라?]

"자연의 위대함을 부정할 수는 없지. 하지만 자연을 극복하기 위해 인간이 만들어낸 과학을 무시하면 큰코다쳐. 자연계를 지배하는 정령왕이라고 해도."

최치우가 사뭇 의미심장한 이야기를 남겼다.

그러나 누쿠크의 화는 더욱 거세질 따름이었다.

쿵! 쿵! 쿵!

누쿠크가 3m가 넘는 신체로 땅을 으깨며 최치우에게 달려왔다.

최치우는 미소를 머금은 채 주먹을 세게 쥐었다.

곧 미쓰릴 필드의 발동 시간이 끝난다.

무공을 펼치며 누쿠크의 육탄 공세를 막아내다 예고 없이 마법을 퍼부을 것이다.

이번에는 최초로 8서클 마법을 캐스팅할 작정이었다.

한계를 돌파할 수 있다는 자신감이 들었다.

"와라!"

최치우는 장판파에서 조조의 대군을 홀로 막아선 장비처럼 호쾌한 사자후를 뿜어냈다.

꽈아앙—

이윽고 누쿠크의 주먹과 최치우의 주먹이 정면으로 충돌했다.

누쿠크의 바윗덩이 주먹은 최치우보다 족히 3배는 더 크고 단단해 보였다.

하지만 최치우는 한 발도 뒤로 물러나지 않았다.

꽝— 꽈앙— 꽈아앙—

둘 다 그 자리에 우뚝 서서 쉬지 않고 주먹을 뻗어냈다.

잠깐 사이에 서로의 오른손과 왼손을 맞부딪치며 불꽃을 뿜었다.

먼저 피하면 지는 것처럼 자존심 싸움이 됐다.

어차피 미쓰릴 필드 때문에 마법이나 권능을 펼칠 수 없어 육탄전이 최선이었다.

지이이잉!

그 순간, 최치우는 미쓰릴 필드의 역장이 사라지는 느낌을 받았다.

제한 시간 3분이 끝난 것이다.

팟!

최치우는 자존심보다 실리를 택했다.

정령 군단을 데리고 함정을 파놓은 누쿠크 앞에서 혼자 자존심을 지킬 필요는 없다.

[도망치는 것인가—!]

"이거나 처먹어, 블리자드!"

자연재해를 일으키는 8서클의 마법, 블리자드가 캐스팅됐다.

심장에 박힌 우라노스의 인장이 마나를 무지막지하게 끌어모았다.

촤라라라라락!

6서클 프로즌과는 비교할 수 없는 기운이 누쿠크를 뒤덮었다.

마른하늘에 불어닥친 빙결의 폭풍은 누쿠크의 거대한 신체를 얼려 버렸다.

[감히……!]

하지만 정령왕은 역시 정령왕이다.

온몸이 얼어붙는 과정에도 누쿠크는 의지를 발산하며 저항했다.

시간이 지나면 블리자드의 기운을 물리치고 다시 괴력을 발휘할 것 같았다.

자칫 누쿠크가 정령왕의 권능이라도 발현하기 시작하면 싸움은 미궁에 빠질 것이다.

블리자드를 펼친 최치우는 하늘 높이 떠올라 누쿠크의 이마로 떨어졌다.

아랑권의 살초, 맹아일격(猛牙一擊)이 반쯤 얼어붙은 누쿠크의 미간을 쪼갰다.

현대에 환생해 내공도 없는 상태로 처음 펼친 초식이 바로 맹아일격이었다.

똑같은 초식이지만 위력은 천지 차이다.

살짝 얼었던 누쿠크의 머리가 그대로 터지며 몸뚱이가 뒤로 넘어갔다.

화아아악—

곧이어 머리를 잃은 몸이 가루가 되어 산화했다.

누쿠크의 형체가 사라지며 무형의 기운이 최치우에게 흡수되고 있었다.

최치우는 또다시 정령왕의 인장을 품게 된 것이다.

우라노스의 인장과 누쿠크의 인장.

최치우는 현대뿐 아니라 모든 차원계를 통틀어 정령왕의 인장을 두 개나 품은 최초의 인간이 됐다.

그러나 최치우의 관심은 다른 데 있었다.

"돈으로 따지면 이게 다 얼마야!"

그는 여기저기 흩어진 11개의 소울 스톤을 줍는 데 정신이 없었다.

이제 북한에 소울 스톤 발전소를 짓는 걸 걱정할 필요가 전혀 없다.

북한뿐 아니라 유럽, 미국, 남미, 아시아, 중동 각지에 발전소 건립을 약속하며 올림푸스의 에너지 지배권을 전 세계로 확대시킬 수 있을 것 같았다.

인간에게 최초로 불을 전달해 준 프로메테우스처럼 최치우도 현대의 인류에게 소울 스톤이라는 새로운 빛을 전달해 주고 있었다.

최치우와 올림푸스의 이름은 역사에 지워지지 않을 각인이
될 수밖에 없었다.

                *   *   *

싱가포르에서 열린 북미 정상회담은 성공리에 끝이 났다.

역사상 최초의 정상회담에 집중된 이목은 그야말로 엄청났
다.

싱가포르 정부는 전쟁이라도 일어난 것처럼 도심을 엄격하
게 통제했다.

그래도 들끓는 관심을 모두 제어할 수 없었다.

전 세계의 기자란 기자는 모두 싱가포르에 모였고, 관광객들
도 세기의 이벤트를 보기 위해 검은색 리무진만 보이면 우르르
쫓아다녔다.

당일치기로 예정됐던 회담은 1박 2일로 연장됐다.

몇몇 언론에서는 북미 정상회담이 실패할 거라 예상했지만,
두 정상은 이틀 내내 세밀한 현안을 조율하며 깜짝 놀랄 결과
를 발표했다.

먼저 북한은 완전한 비핵화 진행을 분명히 밝혔다.

기한도 2년 이내로 못을 박았다.

2년 뒤에 열리는 미국 대통령 재선거를 의식한 결과였고, 물
리적으로 비핵화까지 1년 6개월 정도가 걸리는 부분을 반영한

것이다.

북한의 비핵화 선언 하나만 봐도 미국은 엄청나게 많은 성과를 거둔 셈이었다.

당장 미국 대통령의 지지율이 5% 이상 치솟는다는 여론조사 결과가 나왔다.

그러나 벼랑 끝 협상의 귀재로 알려진 북한이 빈손으로 돌아갈 리 없었다.

비핵화와 검증이 완료되는 2년 동안 미국은 대북 제재를 유지하고, 어떤 인도적 지원도 허락하지 않는다.

대신 단 하나의 예외를 뒀다.

북한의 불안정한 전력 수급으로 고통받는 주민들을 위해 소울 스톤 발전소 건립을 허가한 것이다.

소울 스톤 발전소는 비핵화가 끝나는 2년 이내에 허락된 유일무이한 예외였다.

미국도 협상 타결을 위해 북한에게 거대한 당근을 선물해 줬다.

물론 선물은 미국 혼자 줄 수 있는 게 아니었다.

소울 스톤 발전소를 지을 수 있는 올림푸스가 동의해야 한다.

싱가포르에서 발표된 결의문의 주인공은 미국과 북한만이 아니었다.

올림푸스의 CEO이자 지구에서 소울 스톤을 다룰 수 있는 대체 불가능한 사람, 최치우가 나서지 않으면 북미 정상회담 결의문은 휴지 조각이 된다.

최치우는 싱가포르에 나타나진 않았다.

만약 최치우가 등장하면 스포트라이트의 중심이 옮겨질 수밖에 없다.

관심에 목마른 미국 대통령과 북한의 김정은 위원장, 두 정치인의 잔치에 훼방을 놓을 순 없었다.

대신 최치우는 서울에서 별도의 기자회견을 열기로 했다.

싱가포르에 방문한 각국의 기자단은 고스란히 인천행 비행기를 탔다.

싱가포르이 북미 정상회담 개최지 특수를 누렸다면, 서울은 최치우 덕분에 또 한 번 중대 발표 특수를 누리게 됐다.

난데없이 서울 시내 호텔이 취재진으로 가득 차고, 프레스센터로 쓸 수 있는 오피스 빌딩은 단기 임대로 쏠쏠한 수익을 얻었다.

서울이 국제 도시로 주목받는 경제 효과는 수천억 원 이상일 것이다.

모든 게 최치우 한 사람이 일으킨 성과였다.

한국 정부에서도 올림푸스 특수, 아니, 최치우 특수를 환영할 수밖에 없었다.

가뜩이나 경기가 안 좋은데 최치우 덕분에 숨통이 트이게 됐다.

국제 행사를 유치하면 도시 전체의 활력이 살아난다.

단순히 기자들의 숙박비, 식비, 교통비 등 체류비만 수익이 아니었다.

메이저 국제 행사로 인한 파급효과는 일일이 계산하기 어렵다.

관광 수익의 증대만 해도 엄청날 것이다.

한국관광공사에서는 최치우의 기자회견이 메이저 국제 행사와 비슷한 효과를 냈다고 분석했다.

월드컵이나 올림픽에 비교할 수는 없지만, APEC이나 G20 같은 국제 이벤트와 비교하면 전혀 모자라지 않았다.

오히려 국민들, 나아가 세계인들의 관심도는 훨씬 더 높은 수준이었다.

당연하다면 당연한 일이다.

최치우의 입에 북미 정상회담 후속 조치가 달려 있다.

북한의 비핵화, 미국과의 평화 모드.

세계의 패러다임을 바꾸는 일대 사건의 화룡점정을 최치우가 찍어야 한다.

비밀스럽게 일본에 다녀온 최치우는 역대급 기자회견을 준비하고 있었다.

소울 스톤의 존재를 처음 알렸을 때와 맞먹는 폭풍이 서울에서 불어닥칠 것 같았다.

*　　　　　*　　　　　*

"이, 이게 다 뭔가요?"

김도현 교수의 눈이 커졌다.

침착함의 대명사로 통하는 김도현 교수가 이런 반응을 보이는 경우는 흔치 않다.

미래 에너지 탐사대의 다른 연구 교수들이 봤다면 깜짝 놀랐을 것이다.

하지만 김도현 교수가 그냥 호들갑을 떨 리 없다.

누구라도 김도현 교수처럼, 아니, 그 이상으로 놀랄 수밖에 없을 것이다.

최치우가 무려 11개의 소울 스톤을 탁자 위에 꺼냈기 때문이다.

"모두 대지 속성입니다. 상급이 7개, 최상급이 4개입니다."

"이걸 대체 어디서······."

"일본에 잠시 다녀왔습니다."

"설마 오사카 대지진?"

김도현 교수는 역시 세계적인 천재다웠다.

일본이라는 말만 듣고도 소울 스톤과 오사카 대지진의 연관성을 파악했다.

최치우는 고개를 끄덕였다.

다른 사람은 몰라도 김도현 교수 앞에서 숨길 것은 거의 없다.

김도현 교수와 미래 에너지 탐사대가 없으면 최치우는 세계를 누비는 대신 연구실에 틀어박혀 직접 소울 스톤에서 에너지를 추출해야 한다.

최치우와 올림푸스를 보이지 않는 곳에서 지탱하는 기둥이 바로 김도현 교수다.

특히 S대에서 사제 관계를 맺으며 시작된 두 사람의 인연은 깊고도 끈끈했다.

"재해가 일어나는 현장에는 무지막지한 자연 에너지가 몰립니다. 그만큼 소울 스톤을 찾아낼 확률이 높아지는 것이죠."

"대지진이 일어난 장소이기 때문에 대지 속성의 소울 스톤을 다량으로 확보하게 되었군요."

"운이 좋았습니다. 사실 최상급 소울 스톤 하나 정도를 목표로 하고 오사카에 갔었는데."

"치우 군을 보면 운도 실력이라는 말을 쓰지 않을 도리가 없네요."

김도현 교수가 새삼 감탄했다.

누구보다 가까이에서 최치우의 행보를 지켜봤지만, 어제보다 오늘이 낫고 내일을 기대하게 만든다.

최치우는 이미 개인 자산만 수십조에 달하는 세계에서 손꼽히는 거부가 됐다.

그럼에도 불구하고 여전히 뜨겁게 성장하는 과정인 것 같았다.

과연 어디가 그의 완성일지 짐작조차 할 수 없다는 것이 경이적일 따름이다.

"대지 속성 소울 스톤에 대한 노하우는 충분히 쌓였다고 들었습니다. 이만하면 절반 정도는 개발할 수 있겠죠, 교수님?"

"최근 연속적으로 대지 속성을 다뤘기에, 그리고 뼈아픈 실패를 경험했기에 다들 각오가 남다를 것 같네요. 나부터도 그렇고. 6개를 마지노선으로 삼겠어요."

"6개. 좋습니다."

최치우가 흡족한 표정을 지었다.

상급과 최상급을 막론하고 6개의 소울 스톤을 개발하면 그것만으로 수십조 원 이상의 가치를 만들어내는 셈이다.

"1개는 북한 발전소에 쓰고, 나머지 5개는 어느 지역에 배분할지 행복한 고민을 하고 싶습니다."

"그렇게 될 거예요. 미래 에너지 탐사대의 전부를 걸고, 나의 자존심을 걸고 해내겠어요."

"교수님만 믿겠습니다."

"치우 군이 무려 11개의 소울 스톤을 찾아왔는데 실망을 줄 수는 없지요."

"이제까지 교수님이 저를 실망시킨 적은 단 한 번도 없었습니다. 11개의 소울 스톤이 모두 파괴되어도 마찬가지일 겁니다."

최치우는 진심을 담아 말했다.

11개의 소울 스톤은 수십조, 수백조의 돈을 벌어다 줄 자산이다.

그러나 김도현 교수 한 사람과 바꾸라면 절대 응하지 않을 것이다.

모든 게 폐허로 돌아가도 사람이 남아 있으면 다시 시작할 수 있다.

최치우는 이번 환생에서 사람과 인연의 소중함을 배웠다.

어쩌면 그게 가장 큰 교훈이었다.

김도현 교수는 안경을 치켜올리며 표정을 숨겼다.

최치우의 말이 허언이 아님을 알기에 감동할 수밖에 없었다.

하지만 한때나마 제자였던 최치우 앞에서 감격한 얼굴을 보여주기 민망했다.

그래서 괜히 안경을 만지작거리는 것이다.

"최대한 빨리 결과를 낼게요."

"저는 믿고 발표를 하겠습니다."

"한반도의 평화, 그리고 세계의 평화를… 우리가 함께 개척하게 되네요."

"까마득한 학부생 시절, 교수님께서 저를 알아봐 주신 덕분입니다."

"아니에요. 지금 생각하니 치우 군이 나를 선택해 줬던 거 같아요."

최치우와 김도현 교수는 서로를 마주 보며 미소를 지었다.

바닥부터 시작해 험난한 여정을 뚫고 하늘 높이 성을 쌓은 사람들만 주고받을 수 있는 눈빛이다.

굳이 말하지 않아도 통하는 마음이 있다.

"그럼 이만 일어나겠습니다. 요즘 기자회견 준비로 홍보팀에서 저를 들들 볶고 있어서요."

"그래요. 결과가 나오는 대로 전화할게요. 오늘부터 당장 상급과 최상급 소울 스톤으로 실험에 들어갈 거예요."

"알겠습니다."

최치우는 몸과 마음이 동시에 가벼워졌다.

11개의 소울 스톤을 내려놓아 몸이 가벼워졌고, 김도현 교수의 약속을 받아 마음도 개운해진 것이다.

이제 전 세계의 기자들 앞에서 북한에 소울 스톤 발전소를 짓겠다고 공언하면 된다.

올림푸스는 북미 정상회담을 이행시키는 주축으로 세계 역사에 영원히 기록될 것 같았다.

"깜짝 발표를 더 해도 되겠어."

미래 에너지 탐사대 연구실을 빠져나온 최치우가 의미심장한 혼잣말을 읊조렸다.

적어도 6개의 소울 스톤에서 에너지를 추출해 낼 확률이 높다.

그렇다면 북한에 발전소를 짓는다는 사실만 공개하기 아쉬워진다.

최치우는 언제나 세상을 뒤집으며 올림푸스를 성장시켰다.

이미 사람들이 예상하는 내용을 넘어서 꿈에도 상상 못 할 비전을 제시하고 싶었다.

오사카에서 누쿠크의 정령 군단을 소멸시킨 덕에 그날이 빨리 오게 됐다.

'듣지 못하겠지만, 고맙다고 해야겠어.'

최치우는 쉬지 않고 뛰는 자신의 심장에게 인사를 건넸다.

대지의 정령왕 누쿠크의 인장도 심장에 똬리를 틀었기 때문이다.

두 정령왕의 인장을 품고 최치우는 거침없이 세상을 바꾸며 나아가고 있었다.

$$*\qquad*\qquad*$$

찰칵— 찰칵—

카메라 세례가 한 사람을 향하고 있었다.

여기저기서 번쩍이는 플래시와 조명을 통제할 방법은 존재하지 않는다.

외국 기자들은 최치우의 기자회견을 보기 위해 서울로 날아와 값비싼 체류비를 치르고 있다.

국내 기자들의 취재 열기 또한 만만치 않았다.

마치 유력 대선 후보의 출정식이라도 되는 것처럼 앞자리를 차지하기 위한 싸움이 치열했다.

올림푸스 홍보팀이 최선을 다했기에 그나마 질서가 유지되는 것이다.

"오오! 나온다, 나와!"

"초이—!"

최치우가 마이크 앞에 위치하자 국내외 기자들은 흥분을 감추지 못했다.

최치우는 군더더기나 다름없는 식전 행사를 모조리 생략했다.

그 흔한 PPT나 팜플랫도 준비하지 않았다.

오로지 마이크 앞에 혼자 서서 이야기를 한다.

그게 기자회견의 처음이자 끝이다.

원래 정말 자신감이 넘치면 거추장스러운 꾸밈은 생략하는 법이다.

최치우는 몇 분의 발표로 세상을 완전히 뒤집을 자신이 있었다.

"북미 정상회담의 결의문을 준수하여 올림푸스는 북한에 소울 스톤 발전소를 지을 계획입니다."

기자단의 웅성거림이 잦아들 줄 몰랐다.

최치우가 인사말도 없이 기자들의 궁금증을 해결해 줬기 때문이다.

시작부터 메인 디쉬를 제공한 격이다.

하지만 그것은 기자들의 착각이었다.

북한에 소울 스톤 발전소를 짓는다는 소식은 식전 에피타이저에 불과하다.

최치우는 뜸 들이지 않고 진짜 메인 요리를 꺼냈다.

"올림푸스는 북한을 포함해 6개 이상의 새로운 국가에 소울 스톤 발전소를 짓겠습니다. 선정하는 조건은 단 하나, 올림푸스가 조성할 세계 평화 기금에 많이 투자하는 국가를 찾아가겠습니다."

6개의 소울 스톤 발전소가 동시에 지어질 수 있다는 폭탄선언이었다.

뿐만 아니라 최치우는 세계 평화 기금이라는 새로운 비전을 제시했다.

합법적으로, 그리고 존경을 받으며 세계를 다스리는 방법은 평화를 추구하는 영향력으로 주요 국가를 꽁꽁 옭아매는 것뿐이다.

최치우는 UN을 넘어서는 세계의 실권을 꿈꾸며 첫발을 내디뎠다.

서울에서 포문을 연 최치우의 새로운 비전은 오늘 해가 지기 전에 지구를 휩쓸고 지나갈 것 같았다.

11장

평화의 지배자

올림푸스가 주도하는 세계 평화 기금으로 천문학적 액수의 투자금이 쏟아지고 있었다.

세계 각국의 정부만 보따리를 푼 게 아니다.

유수의 글로벌 기업도 세계 평화 기금의 문을 두드렸다.

회사 규모가 커지면 사회 공헌을 할 수밖에 없다.

기업 이미지를 위해서도, 세금을 아끼기 위해서도 필수적인 프로젝트다.

하지만 다른 기업에서 추진하는 공헌 활동에 참여하는 경우는 무척 드물다.

우리 회사의 돈으로 남 좋은 일을 시켜준다고 생각하기 때문이다.

그러나 올림푸스의 세계 평화 기금은 차원이 다른 프로젝트였다.

단순히 올림푸스라는 기업의 사회 공헌 활동이 아니다.

벌써 미국과 독일, 영국, 한국까지 내로라하는 주요 국가에서 기금 참여 의사를 밝혔다.

이대로 기금이 불어나면 중소 국가의 1년 예산과 맞먹는 돈이 쌓일지 모른다.

최치우는 세계 평화 기금의 이사회를 공정하고 중립적인 인사로 구성하겠다고 밝혔다.

물론 올림푸스의 입김이 가장 강력하겠지만, 공신력을 갖춘 이사회가 기금을 운영하게 되는 것이다.

만약 최치우가 지금까지 보여준 추진력으로 세계 평화 기금의 외연을 키우면 금방 제2의 UN 소리를 들을 가능성이 높다.

어쩌면 쓰는 돈의 규모를 떠나서 국제사회의 영향력 측면에서는 UN을 추월하게 될 수도 있다.

최치우라면 똑같은 자선 활동을 해도 전 세계에 엄청난 이슈를 일으킬 게 분명하기 때문이다.

이와 같은 전망이 지배적인 분위기가 되면서 주요 기업들도 하나둘 올림푸스 세계 평화 기금에 참여 의사를 밝히고 있었다.

어차피 쓸 돈이라면 생색을 확실하게 낼 수 있는 곳에 쓰는 게 낫다.

게다가 기부를 통해 국제사회에서 영향력도 키울 수 있다.

주요 국가의 정부 고위직과 세계 평화 기금을 매개로 얼굴을 맞댈 일도 생길 것이다.

이래저래 글로벌 기업들에게는 매력적인 사회 공헌 창구였다.

정부 입장에서도 마찬가지다.

게다가 최치우는 세계 평화 기금에 많이 투자하는 국가를 선정해 소울 스톤 발전소를 짓겠다고 밝혔다.

그것도 1차로 무려 6곳을 선정할 예정이었다.

북한에 발전소를 짓는 것도 놀라운 소식이지만, 한반도에 직접 관여하는 국가는 많지 않다.

냉정하게 말하면 남의 일인 것이다.

그러나 자기 나라에 소울 스톤 발전소를 유치할 수 있다면 더 이상 남의 일이 아니다.

대통령이나 총리는 발전소 유치를 바탕으로 지지율을 대폭 끌어 올릴 수 있다.

실제로 소울 스톤 발전소를 유치한 대한민국, 독일, 그리고 케냐는 정부 지지율이 훌쩍 높아졌다.

각국의 정부들이 입맛을 다실 수밖에 없었다.

최치우와 인연이 깊은 미국, 독일, 영국, 한국이 일찌감치 올림푸스 세계 평화 기금 참여를 결정한 것도 큰 영향을 끼쳤다.

독일과 한국은 이미 발전소를 갖고 있다.

아직 발전소가 없는 미국과 영국은 유치에 성공할 확률이 높다.

그래도 4개의 후보지가 더 남아 있다.

국제 외교가에서는 어느 정부가 얼마의 기부금으로 세계 평화 기금에 참여할지 눈치 작전이 치열하게 벌어지고 있었다.

오사카에서 대지의 정령왕 누쿠크를 소멸시키고 11개의 소울 스톤을 확보한 최치우는 일약 세계의 중심이 됐다.

때로는 정치적 영향력이 경제적 영향력을 한참 앞서기도 한다.

수십조 원에 달하는 개인 자산, 그리고 진즉 100조를 넘어 200조 선에 턱걸이한 올림푸스와 퓨처 모터스의 시가총액만 따져도 최치우는 세계를 움직이는 100인 안에 이름을 올릴 수 있다.

하지만 올림푸스 세계 평화 기금을 창설하며 일약 세계에서 열 손가락 안에 드는 힘을 행사하게 됐다.

최치우의 입김이 4년 혹은 8년짜리 임시직인 미국 대통령보다 더 강할 거라고 분석하는 언론도 적지 않았다.

안보리의 눈치를 봐야 하는 UN 사무총장의 권력은 따돌린 지 오래다.

이제 겨우 27살, 만 나이로는 여전히 25살인 최치우는 현대의 지구에서 정점에 올라섰다.

그의 한 걸음 한 걸음이 모두 역사가 되고, 인류의 미래가 되고 있었다.

*　　　　*　　　　*

UN의 특수 기구는 맡은 소임을 톡톡히 수행해 냈다.

물론 UN의 독자적인 수사력으로는 불가능한 일이었다.

미국 대통령이 승인을 했고, CIA와 FBI가 전력으로 협조했기 때문에 네오메이슨 가담자들을 굴비처럼 엮어낼 수 있었다.

미국의 정보기관만 네오메이슨 추적에 힘을 보탠 게 아니었다.

영국의 MI6도 제 일처럼 나섰다.

그들 역시 네오메이슨에게 당한 게 많았기에 UN의 특수 기구 조성을 절호의 기회로 여겼다.

네오메이슨의 금융자산은 대부분 동결됐고, 엄하기로 소문난 미국 법원은 몰수 처분을 내리는 데 주저함이 없었다.

이름만 들으면 아는 거대 기업 여러 곳도 네오메이슨에 연루돼 있었다.

이번 일로 주목받는 CEO에서 감옥 철창신세가 된 스타 경영인도 적지 않았다.

특히 금융의 중심지 월가는 쑥대밭이 됐다.

에릭 한센의 비극적인 최후보다 더 큰 스캔들이 월스트리트를 덮친 것이다.

네오메이슨은 돈, 특히 금융의 힘으로 세계 질서를 조작하던 집단이다.

돈줄이 하나둘 끊기면 힘을 잃을 수밖에 없다.

손발이 되어주는 로우 서클과 미드 서클의 조직원들도 우르르 떨어져 나갔다.

최치우 때문에 독일 정부와 UN 본부에서 한번 물갈이가 있었다.

그러고 보면 최치우는 올림푸스와 퓨처 모터스를 키우며 착실히 네오메이슨의 힘줄을 끊어온 셈이다.

문제는 네오메이슨의 의사를 결정하는 극소우의 최고위층, 하이 서클이다.

유명 기업의 CEO 중에도 하이 서클 멤버가 한 명 포함됐다.

그는 수사망이 좁혀지자 모든 자료를 불태우고 빌딩 옥상에서 떨어져 자살했다.

그로 인해 진짜 거물들의 실체는 여전히 베일에 싸여 있었다.

당연히 심증이 가는 인물들은 적지 않다.

특히 마이크 페인스 부통령은 유력한 후보였다.

마이크 부통령이 개입해 네오메이슨 관련 기업에 막대한 이익을 안겨준 사례가 넘쳐났다.

UN 특수 기구는 마이크 페인스 부통령을 핵심 인물로 리스트에 올려놓았다.

그는 어마어마한 부자들이 주축인 네오메이슨에서 몇 안 되는 정치인이다.

그만큼 하이 서클에서 독특한 영향을 끼치며 멤버들의 의견을 하나로 모으는 역할을 맡았을 것 같았다.

네오메이슨은 1인이 아닌 하이 서클이 이끄는 과두(寡頭) 조직이다.

하지만 실질적인 리더이자 총책이 바로 마이크 페인스 부통령으로 의심됐다.

즉, 마이크 부통령을 잡아서 조사하면 네오메이슨 하이 서클의 실체를 낱낱이 밝힐 수 있다는 뜻이다.

"어떻게 하면 좋겠습니까?"

알렉산드로 사무총장은 UN 특수 기구의 모든 파일을 넘기고 솔직하게 질문을 던졌다.

여기까지 최선을 다해 끌고 왔지만, 더 이상 앞으로 나갈 수 없는 벽에 부딪혔다.

그 점을 인정한 것이다.

알렉산드로 사무총장의 맞은편에는 최치우가 앉아 있었다.

UN 특수 기구의 창설을 주도하고, 전 세계에서 네오메이슨을 소탕하는 데 가장 큰 공을 세운 장본인이다.

최치우는 요즘 올림푸스 세계 평화 기금으로 눈코 뜰 새 없이 바쁜 일정을 보내고 있다.

더구나 북한도 오가며 소울 스톤 발전소를 지을 입지와 조건도 확인해야 한다.

그럼에도 불구하고 시간을 쪼개고 쪼개서 뉴욕의 UN 본부로 날아온 것이다.

결자해지(結者解之).

최치우는 스스로 시작한 싸움은 반드시 자기 손으로 끝내야 직성이 풀린다.

네오메이슨의 종말을 고할 사람은 다른 누구도 아닌 최치우다.

물론 뉴욕에 오면 미래를 약속한 연인 유은서를 볼 수 있다는 점도 선택에 영향을 끼쳤다.

"총장님, 암에 걸린 환자의 배를 열었으면 종양을 다 걷어내야죠. 절반만 제거하고, 가장 악성인 종양은 그대로 둔 채 배를 덮으면 성공한 수술이라 할 수 있겠습니까?"

최치우는 네오메이슨 하이 서클을 악성 종양에 비유했다.

전혀 과하지 않은 표현이었다.

하이 서클을 남겨두면 네오메이슨은 언제고 다시 부활할 수 있다.

당장은 수많은 조직원과 돈줄을 대부분 잃어 숨죽이고 살 것이다.

그러나 시간이 지나면 수면 아래에서 또다시 세계를 좌지우지할 야망을 품을 게 뻔하다.

"마이크 페인스 부통령을 검거할 방법이 있겠습니까? 우리에게 호의적인 미국 대통령도 부정적인 반응을 보일 겁니다."

"그렇겠죠. 정치적으로 대통령과 부통령은 반대편이나 다름없지만, 그래도 자신이 통솔하는 백악관 울타리에 네오메이슨의 총책이 있었다는 걸 전 세계에 알리고 싶지 않을 테니까."

"100% 확실한 물증을 찾는 것밖에는 해결책이 없습니다. 그러나 마이크 부통령은 자기 이름으로 돈을 만지지 않았습니다."

"돈 문제는 철저히 맡겨뒀겠죠. 네오메이슨에 널린 게 금융

전문가이니… 그만큼 꼬리를 자르는 데 철저하다는 말이고. 역시 정치인 출신이라 이건가."

최치우가 고개를 숙이고 아래턱을 어루만졌다.

깊은 고민을 할 때 종종 나오는 버릇이다.

알렉산드로 총장은 최치우의 침묵을 가만히 기다려 줬다.

시작도 최치우가 했고, 끝맺음도 최치우가 해내야 하는 것이다.

알렉산드로 총장 역시 네오메이슨 소탕이 궁극적으로는 최치우의 싸움이란 사실을 잘 알고 있었다.

역사는 단 한 사람의 영웅에 의해 쓰여왔다.

최치우가 아니었다면 세상은 아직도 네오메이슨의 존재조차 몰랐을 것이다.

그들은 여전히 세계의 금융을 지배하고, 잘못된 정책으로 대체에너지 개발을 막고 전쟁을 부추기며 기득권을 누렸을 터였다.

뿐만 아니라 아프리카 인구의 절반 이상이 인구 말살 정책의 희생양이 됐을지 모른다.

알렉산드로 총장은 그런 최악의 시나리오를 막아낸 영웅 최치우의 모습을 눈에 담고 있었다.

"열쇠로 문을 열 수 없다면… 부숴야죠."

고민을 마친 최치우의 입에서 의미심장한 이야기가 흘러나왔다.

알렉산드로 총장은 눈을 크게 떴다.

"잘못되는 날에는 모든 책임을 뒤집어쓰게 될 겁니다. 미국 정부는 한순간에 적으로 돌아설 것이고, 어떤 형량이 나올지도 모릅니다."

사실 최치우는 위험을 감수할 이유가 없다.

지금 이대로도 세상 누구보다 강한 영향력을 행사하고, 평생 써도 다 못 쓸 돈이 있다.

그러나 끝을 보지 않으면, 적의 뿌리를 토벌하지 않으면 직성이 풀리지 않는다.

네오메이슨이라는 악성 종양을 이 세계에 남겨둘 수 없었다.

"마이크 부통령을 건드리다 실수하면 미국 법정은 나에게 수십 년의 징역형을 선고할 수도 있습니다. 내가 쌓은 모든 걸 잃고, 올림푸스와 퓨처 모터스, 그리고 세계 평화 기금도 공중분해 되겠죠."

"그런데 대체 왜……."

"해야 할 일입니다. 다른 이유가 더 필요할까요?"

최치우의 반문 앞에 알렉산드로 총장은 말을 잃었다.

어렵고 복잡하게 생각할 필요가 하나도 없다.

최치우는 그저 해야 할 일을 하겠다고 나선 것뿐이다.

"마이크 부통령이 마이애미에 별장, 아니, 대저택을 갖고 있다고 들었습니다."

"그곳에서 네오메이슨의 하이 서클 멤버들이 자주 모임을 가졌던 것으로 의심이 됩니다. 제법 큰 규모의 연구실도 저택 지하에 갖춰놓은 것 같습니다."

"연구실이라면?"

"펜타곤의 블랙 리스트에 오른 론 폴 박사, 그 역시 네오메이슨의 하이 서클 멤버로 보입니다. 그의 연구실 아니겠습니까."

"한 번에 처리할 수 있겠군요."

최치우는 잘됐다는 듯 미소를 지었다.

에릭 한센이 기계의 힘을 빌려 괴력을 뿜어냈던 게 떠올랐다.

그것도 론 폴 박사의 손에서 만들어진 기계였을 것이다.

'아프리카 반군들에게 넘어간 생화학무기도 그의 작품이겠지.'

생각하면 할수록 마이크 부통령과 론 폴 박사를 그냥 놔둘 수 없었다.

"하지만 대표님, 영장도 없이… 또 우리를 돕는 CIA나 FBI와 상의하지 않고 마이크 부통령의 저택을 수색하는 건 위법입니다. 막무가내로 밀어붙여도 마이크 부통령이 고용한 사설 경호대에 제지당할 겁니다. 또 론 폴 박사의 연구실이 저택에 있다면 상상도 못 할 위험한 무기들이 튀어나올지 모릅니다. 다른 방법을 찾아보는 것은 어떻습니까?"

알렉산드로 총장이 마지막으로 설득을 시도했다.

그러나 최치우는 이미 주사위를 던진 뒤였다.

"시간을 끌어도 영장이 나오진 않겠죠. 지금이 가장 완벽한 타이밍입니다."

"어째서 완벽한 타이밍이라는 겁니까?"

"마이크 부통령, 그리고 다른 하이 서클 멤버들도 방심하고 있겠죠. 우리가 아무리 노력해도 자신들까지 어쩌지는 못할 거

라고 말입니다. 바로 이때를 노려야 하이 서클을 통째로 낚아
챌 수 있습니다."

"대표님의 마음을 돌리기는 어렵겠습니다."

"총장님께선 지금처럼 특수 기구를 통해 네오메이슨의 손발
을 자르는 데 집중해 주세요. 오늘 대화는 없었던 사실입니다."

"훗날 온 인류가 대표님을 칭송하도록… 역사의 증인이 되고
싶습니다. 그러니 반드시 성공해 주십시오."

알렉산드로 총장이 진심을 담아 말했다.

건조하고 차가운 평소 성격에 비하면 엄청난 표현을 한 셈이
었다.

최치우는 미소를 지으며 고개를 끄덕였다.

"역사를 함께 쓰는 겁니다."

한 시대의 종착역을 향해, 그리고 완전히 새로운 시대를 열
기 위해 최치우가 움직이고 있었다.

*　　　　*　　　　*

마이애미 해변에는 대부호들의 저택이 즐비하게 늘어서 있다.

물론 경치가 좋을수록 땅값은 천정부지로 치솟는다.

마이크 페인스 부통령은 상류층 출신답게, 또한 군수업체의
전폭적인 후원을 받는 정치인답게 멋들어진 저택을 별장으로
쓰고 있었다.

절벽 끄트머리 사방으로 바다가 보이는 완벽한 위치에 그의

저택이 세워져 있었다.

이만한 오션 뷰를 매일 본다면 세계의 어느 5성급 호텔도 시시하게 느껴질 것 같았다.

단순히 경치만 좋은 게 아니다.

경호와 보안에도 최적의 장소다.

저택의 3면이 절벽 위 하늘과 맞닿아 있어 평지에서 올라오는 출입구만 지키면 된다.

간이 배 밖으로 나오지 않고서는 감히 침입할 엄두도 내기 힘들어 보였다.

과거로 따지면 천혜의 요새나 다름없다.

그런데도 마이크 부통령은 미국 최고의 사설 경호업체를 고용했다.

알려진 바에 따르면 저택을 지키는 상근 경호원만 20명이 넘는다고 한다.

중무장한 특수부대 출신 베테랑 경호원 20명이면 터프하기로 유명한 미국 경찰도 백기를 들 것이다.

최치우는 바로 그곳을 뚫어내기 위해 혼자 마이애미로 왔다.

아프리카를 평정한 최강의 무장단체 헤라클레스 대원들을 부르지 않았다.

대장인 리키 한 명만 불러도 천군만마와 같을 것이다.

하지만 그의 곁에는 아무도 없었다.

심지어 마이애미 공항에서 해변까지 운전기사도 쓰지 않고 직접 차를 몰았다.

최치우의 행적이 노출되면 안 되기 때문이다.

올림푸스의 자금력과 정보력, 인맥을 동원하면 신분을 세탁하는 건 일도 아니다.

덕분에 최치우가 지금 마이애미에 있다는 사실을 아는 사람은 전 세계에서 5명도 안 될 것이다.

그는 한적한 주차장에 차를 세우고 어둠이 내리기를 기다렸다.

이윽고 밤이 깊어지자 보법을 쓰며 마이크 페인스 부통령의 저택으로 올라갔다.

경공을 펼치지 않고 적당히 보법만 밟아도 절벽 끝 저택까지 오르막길을 순식간에 주파할 수 있었다.

미국은 원래 밤이 되면 인적이 드물어진다.

뉴욕이나 샌프란시스코 같은 대도시도 관광지를 제외하면 마찬가지다.

마이애미 해변이라고 해도 저택밖에 없는 절벽 위로 올라가는 길은 고요하다 못해 적막했다.

고향을 찾아가는 연어처럼 오르막을 거스른 최치우는 저택의 대문 앞에 우뚝 섰다.

100m 앞에 세상을 우습게 보듯 존재감을 과시하는 대문이 보였다.

굳게 닫힌 철문 뒤로는 각종 CCTV와 보안장치, 그리고 최정예 경호원들이 야간 경비를 돌고 있을 것이다.

"여기서 모든 게 끝난다."

최치우는 조용히 혼잣말을 읊조렸다.

현대에 환생해 가장 치열하게 싸운 상대가 네오메이슨이다.

세계의 판도를 쥐고 흔드는 네오메이슨과 맞서 싸우며 올림푸스와 퓨처 모터스는 갈 길을 분명히 찾았다.

강한 적이 있었기에 그만큼 빨리 성장할 수 있었던 것이다.

하지만 그 싸움도 이제 끝이다.

알렉산드로 사무총장은 마이크 페인스 부통령의 저택에 비밀 자료가 있다고 확신했다.

만약 저택 지하에 론 폴 박사의 연구실이 있다면 그보다 확실한 물증은 없다.

최치우는 혈혈단신으로 마이크 부통령의 저택을 통째로 집어삼킬 작정이었다.

대문을 부수고, 경호원들과 육탄전을 벌이며 씨름할 필요도 없다.

예전의 최치우와 지금의 최치우는 완전히 다른 사람이다.

우라노스와 누쿠크, 물과 대지의 정령왕이 인장으로 변해 최치우의 심장에 박혀 있다.

마법으로는 8서클의 벽을 깨뜨리며 대마도사 클래스에 도달했고, 무공은 공명정대한 금강나한권과 패도적인 아랑권으로 극의를 맛봤다.

현대의 지구가 아닌 그 어느 차원의 누구와 붙어도 대적할 상대가 없다.

최치우는 말 그대로 차원이 다른 존재의 힘을 보여줄 것이다.

처억—

그가 어둠 속에서 양손을 펼쳤다.

캐스팅을 준비하는데 심장에서 파장이 울렸다.

우라노스와 누쿠크의 인장이 자연 에너지인 마나를 무한에 가깝게 빨아들이고 있었다.

똑같은 8서클 마법이라도 정령왕의 인장을 두 개나 가진 최치우가 펼치면 위력이 다를 수밖에 없다.

"어스 퀘이크—!"

6서클 마법 미니 퀘이크만 해도 지축을 흔들며 균형을 파괴한다.

그런데 미니 퀘이크의 모태가 되는 8서클 마법이 원형 그대로 캐스팅됐다.

처음으로 펼쳐진 어스 퀘이크의 위력은 어둠 속 평화롭던 대저택을 찢어놓았다.

쿠우우웅—!

절벽 아래에서부터 묵직한 파동이 올라왔다.

자연재해는 인간의 힘으로 제어할 수 없다.

지금쯤 저택 안에서 잠들어 있던 사람들, 그리고 야간 순찰을 돌던 경호원들은 땅이 흔들리는 걸 느꼈을 것이다.

하지만 이미 늦었다.

쩌어어어억!

콰쾅—! 콰콰콰콰쾅—!

대저택을 받치는 단단한 지반이 거북이 등껍질처럼 여러 조각으로 갈라졌다.

건물 기둥이 무너지고, 지붕이 쏟아져 내리며 아수라장이 펼쳐졌다.

마이크 페이스 부통령의 요새가 한순간에 풍비박산이 나고 있었다.

이 모든 현상을 일으킨 최치우는 대문에서 떨어진 곳에 묵묵히 서 있을 따름이었다.

"아직 멀었어."

징벌의 시간은 이제 막 시작됐다.

최치우는 마이크 부통령의 저택을 뼛속까지 탈탈 털어버리기로 마음먹었다.

저항의 의지를 1%도 남겨놓지 않고 완전히 짓밟을 것이다.

그런 다음 폭군처럼 느긋하게 전리품을 취하면 된다.

"헬 파이어―!"

이번에도 8서클 마법이 캐스팅됐다.

6서클의 인페르노만 해도 광활한 대지를 불태우기에 충분하다.

그러나 8서클 헬 파이어는 이름 그대로 지옥에서 빌려온 불꽃다웠다.

파파파팍!

어둠 속에서 푸르스름한 빛이 번쩍였다.

절대 요란한 광채는 아니었다.

푸르고 짙은 불꽃은 원래 그 자리에 있었던 것처럼 저택을 불살랐다.

어스 퀘이크의 지진으로 뼈대가 폭삭 주저앉은 저택이 지옥의 불꽃에 휩싸였다.

특수부대 출신의 베테랑 경호부대도 무용지물이다.

최신식 보안장치와 안전 유지 장치도 8서클 마법 앞에서는 장난감이었다.

전자 기기는 어스 퀘이크가 펼쳐졌을 때부터 먹통이 됐다.

8서클 마법이 펼쳐지며 생기는 마나의 파동은 전자파의 흐름을 끊어놓을 정도로 강력하다.

구조 요청을 하는 것도 불가능한 상황이었다.

저벅저벅.

한쪽에서는 지옥도가 펼쳐졌지만, 최치우는 굉장히 평온하게 걸음을 옮겼다.

타다닷—

그때 저택 대문 가까이에 상주하고 있던 경호원들이 밖으로 튀어나왔다.

하지만 지진보다, 불꽃보다 더 무서운 사신이 다가오고 있었다.

"윈드 스피어."

슈숙— 투투툭!

바람의 창이 쏘아져 가까스로 도망쳐 나온 경호원들의 심장을 꿰뚫었다.

순수한 바람으로 만들어진 창이기에 부검을 해봤자 어떤 흔적도 남지 않을 것이다.

최치우는 손속에 자비를 두지 않았다.

적에게 어설픈 자비를 베푸는 것은 멍청한 짓이다.

싸움을 시작했으면 마지막 뿌리까지 철저하게 짓밟는 게 최치우의 방식이었다.

몇 번 경험해 보니 잔인하게 끝을 봐야만 최소한의 피해로 싸움을 마무리 지을 수 있었다.

화르륵— 화르르르륵—!

최치우는 무너진 대문을 지나쳐 마이크 부통령의 저택 안으로 들어섰다.

지진과 화재로 엉망이 됐지만 최치우는 앞마당에 산책을 나온 것처럼 편안해 보였다.

"이렇게 쉽게 태워 버릴 수는 없지."

최치우는 잘못된 권력에 빌붙어 호의호식한 사람들에게 동정심을 느끼지 않았다.

그들을 대저택과 함께 역사에서 지워 버릴 생각이었다.

그러나 먼저 해야 할 숙제가 남아 있다.

대저택 지하에 있다고 알려진 론 폴 박사의 연구실을 찾아야 한다.

네오메이슨 하이 서클과 관련된 결정적 증거를 가지고 있을 론 폴 박사도 생포하는 편이 낫다.

그러기 위해서는 미친 듯이 날뛰는 지옥의 불꽃, 헬 파이어를 식혀야 될 것 같았다.

"블리자드!"

대지의 정령왕 누쿠크를 쓰러뜨리는 데 일조했던 8서클 마법이 펼쳐졌다.

최치우는 불과 몇 분 사이 자연재해를 일으키는 8서클 마법을 3번 연속 캐스팅했다.

그것도 대지, 화염, 빙결까지 각각 다른 속성의 마법이었다.

이게 얼마나 어려운 일인지 모른다.

아슬란 대륙의 마법사들이 알면 기겁을 할 것이다.

최치우는 8서클을 돌파하며 대마도사 클래스가 됐지만, 9서클의 현자 클래스도 쉽게 하지 못할 일을 척척 해내고 있었다.

차좌악─

쩌저저저적!

도저히 잡을 수 없어 보이던 지옥의 불꽃이 거짓말처럼 얼어붙었다.

블리자드의 한기는 흉측하게 파괴된 대저택을 그대로 꽁꽁 얼렸다.

순식간에 얼음 왕국을 만든 최치우는 지하 공간이 있을 법한 곳으로 걸음을 옮겼다.

연구실에서 물증을 찾고, 론 폴 박사까지 확보하면 다시 헬파이어를 캐스팅해 블리자드의 얼음을 녹일 것이다.

네오메이슨의 마지막 보루인 마이크 부통령의 대저택이 잿더미로 변할 시간이 가까워지고 있었다.

　　　　*　　　　*　　　　*

　믿기 힘든 소식이 세계를 강타했다.

　미국의 부통령 마이크 페인스가 네오메이슨의 수뇌라는 사실이 밝혀졌다.

　그의 마이애미 저택이 알 수 없는 자연재해로 무너졌고, 비밀 연구실에서 다량의 증거가 쏟아져 나왔다.

　날이 밝고 뒤늦게 출동한 구조대와 경찰은 불타 버린 저택 지하에서 엄청난 대량살상무기를 확보했다.

　연구실에서는 무기만 남겨진 게 아니었다.

　론 폴 박사가 의식을 잃고 잠든 것처럼 쓰러져 있었다.

　대저택의 유일한 생존자는 다름 아닌 론 폴 박사였다.

　그는 현장에서 구조됐고, 곧바로 다시 체포됐다.

　최치우는 론 폴 박사의 연구실에서 카피한 증거를 알렉산드로 총장에게 보냈다.

　네오메이슨의 하이 서클이 누구인지, 어떻게 운영되는지, 그리고 아프리카 인구 말살 정책을 비롯해 그동안 저지른 악행이 세밀하게 기록돼 있었다.

　알렉산드로 총장은 감당하기 힘든 증거를 언론에 넘겼다.

　UN는 이러나저러나 미국 정부의 눈치를 볼 수밖에 없다.

　그러나 뉴욕 타임스와 워싱턴 포스트의 패기 넘치는 기자들은 물불 안 가리고 특종을 기사로 내보낼 수 있다.

　전 세계가 네오메이슨의 실체 앞에서 충격을 받았다.

북미 정상회담으로 지지율이 한껏 오른 미국 대통령도 사과문을 발표해야 했다.

정치적 노선은 정반대지만, 어쨌든 자신이 임명한 부통령이네오메이슨의 수괴였기 때문이다.

최치우는 여의도 펜트하우스에서 유은서를 품에 안고 네오메이슨 하이 서클 멤버들이 줄줄이 연행되는 장면을 지켜봤다.

휴가를 내고 서울로 온 유은서는 최치우의 숙적들이 모조리제거됐다는 사실에 눈물을 글썽거리며 기뻐했다.

"울지 마, 이제 시작인데."

"시작?"

최치우의 말에 유은서가 눈을 크게 떴다.

마침내 네오메이슨이라는 거대한 악의 뿌리를 들어냈는데또 시작이라니.

최치우는 명실공히 전 세계에서 가장 유명한, 가장 인기 있는, 가장 돈이 많은, 그리고 가장 영향력이 강한 사람이 됐다.

그럼에도 불구하고 현실에 안주할 생각 따위는 아예 없어 보였다.

대체 최치우의 머릿속에 뭐가 들었는지 보통 사람은 짐작조차 할 수 없었다.

꽈악—

최치우는 유은서를 더욱 세게 껴안으며 말했다.

"힘이 아닌 평화로, 핵 대신 소울 스톤으로… 이 세상을 더살 만한 곳으로 만들어야지. 북한에 발전소를 지어주긴 하지만, 김정은 같은 독재자를 적당히 길들일 필요도 있고. 아직 할 일이 많이 남았잖아."

"그 열정은 어디서 나오는 거야?"

"들으면 놀랄 텐데."

"괜찮아, 말해줘."

"내가 이 세상을 다스린다고 생각하니까, 이왕이면 좋은 곳으로 만들려는 거야. 황당하지?"

"아니, 하나도 안 황당해. 최치우다워."

최치우와 유은서가 서로를 바라보며 미소를 지었다.

인류의 역사에서 칼과 총으로, 핵무기로 세상을 지배하려는 군주들은 잊을 만하면 튀어나왔다.

하지만 모두 실패했다.

최치우는 그들과 다르게 평화와 대체에너지로 인류의 미래를 제시하며 세상을 지배하게 됐다.

자기 손으로 구시대의 질서를 무너뜨린 최치우는 완전히 새로운 시대를 열었다.

바야흐로 세상은 최치우 시대를 맞이하고 있었다.

에필로그
(Epilogue)

　태초의 빛이 최치우를 감쌌다.

　환한 빛은 한곳에서 뿜어지는 게 아니었다.

　전후좌우 사방팔방 막힘없이 시공간 전체를 가득 채운 것이
다.

　낯설지만 익숙한 느낌.

　최치우는 먼저 빛을 몰고 온 존재를 불렀다.

　"아바타."

　"기다리고 있었나요?"

　황금빛 날개를 활짝 펼친 신의 대리인, 아바타는 여전히 똑
같은 용모였다.

　그녀의 물음에 최치우는 미소를 지으며 고개를 끄덕였다.

"슬슬 올 때가 됐다고 생각했지."

"드디어… 깨달았군요. 7번의 환생을 거쳐 8번째 삶에서."

"두 가지 다 어려운 미션이었지. 신이 수많은 세계를 창조한 이유, 스스로를 희생해 세상을 구하는 기쁨."

"어떤가요? 깨달음을 얻은 기분은."

"재밌어. 신은 수많은 세계의 인간들이 자신을 희생하고, 그로 인해 한계를 초월하는 모습을 보면서 희열을 느끼고 있지. 신을 놀라게 하고, 또 기쁘게 할 수 있는 유일한 존재가 바로 인간이니까."

"당신은 자격을 갖췄어요. 이제 멸망의 인도자에서 한 세계의 구원자가 되었으니… 신께서 그대에게 영원한 생명을 허락할 거예요."

"영원한 생명?"

"인간계를 벗어나 초월의 시공에서 모든 차원을 내려다보는 존재가 되는 거죠. 나처럼."

최치우가 물끄러미 아바타를 쳐다봤다.

굳이 따질 필요도 없이 아바타는 차원 위에 존재하는 천사(天使)다.

그 고결한 에너지, 인간계의 굴레를 벗어던진 초월성이 부럽기도 했다.

하지만 최치우의 고민은 길지 않았다.

그는 고개를 저으며 담담하게 말했다.

"내 소원은… 이번 삶이 마지막이 되는 거야."

"네? 이 삶을 끝으로 영원한 소멸을 원한다는 말인가요?"

"그래. 끝이 있어야 현재에 최선을 다할 수 있으니까."

"하지만 어떻게 자신의 소멸을 바랄 수가……."

"어머니를 모시고, 사랑하는 사람을 마음껏 껴안고, 든든한 친구들과 부대끼며 짧은 생을 후회 없이 살아가겠어. 그리고 미련도 아쉬움도 없이 안식을 찾아야지. 내 소원은 변함이 없다, 아바타!"

"……."

아바타는 도저히 이해할 수 없다는 표정으로 최치우를 쳐다 봤다.

7번째 환생에서 깨달음을 얻은 최치우의 영혼은 이전과 전혀 달라져 있었다.

초월자로 불리는 아바타마저 그의 깊은 속내를 헤아리기 힘들었다.

"그래요. 치우, 당신의 소원을 신께서 받아주셨어요. 이 삶을 끝으로 영원한 안식을 얻게 될 겁니다."

"신에게 고맙다고 전해줘. 덕분에 행복이란 걸 알게 됐다고."

최치우는 끝없는 환생이나 불멸의 초월적 존재가 되는 대신 소멸을 선택했다.

그렇지만 온 세상을 다 얻은 듯 기쁜 얼굴이었다.

화아아아아아악—

다시 빛이 걷히고 최치우의 영혼이 몸으로 돌아왔다.

눈을 뜬 그의 옆에는 유은서가 쌔근쌔근 숨소리를 내며 잠들어 있었다.

"이제 정말 한 번뿐인 인생이니까… 최선을 다해 행복하자."

조용히 혼잣말을 읊조린 최치우는 잠든 유은서의 어깨를 토닥였다.

7번째 환생 너머, 마지막이어서 더 소중한 최치우의 인생이 새롭게 열리고 있었다.

『7번째 환생』 완결

작가 후기

안녕하세요.

작가 묘재입니다.

전작 강남화타 이후 야심 차게 준비한 글이지만, 완결을 앞둔 후반부에 이르러 연재가 늘어지며 독자분들을 오래 기다리게 했습니다.

어느덧 작가 생활 10년 차, 고민이 깊어질 수밖에 없는 시기였지만 모두 변명입니다.

애태우며 글을 기다려 주신 독자제현께 진심으로 죄송하다는 말씀을, 그만큼 더 감사하다는 말씀을 꼭 드리고 싶습니다.

7번째 환생을 쓰면서 했던 고민의 결과는 다음 글에서 풀어내겠습니다.

지난 10년 동안 항상 다음이 더 기대되는 작가가 되겠다는 약속을 드려왔습니다.

다음 작품은 더욱 철저한 준비로 재미에 있어서도, 연재에 있어서도 완성도를 높여 돌아오겠습니다.

고고학자, 색공학자, 강남화타, 그리고 7번째 환생까지.

작가 묘재의 현대물을 사랑해 주신 독자분들 덕분에 계속해서 창작의 의지를 불태울 수 있었습니다.

꼭 더 재밌는 작품으로 보답하겠습니다.

긴 시간, 최치우와 함께해 주셔서 다시 한번 감사드립니다.

묘재 배상(妙才 拜上)